無極

電影異結局小說全見版

根據陳凱歌電影「無極」劇本改編

郭敬明 著

奴隸昆侖（張東健 飾），並不習慣說話。

北公爵無歡（謝霆鋒 飾）不僅篡奪王位，也戀慕王妃傾城（張柏芝 飾）。

戰無不勝的大將軍光明（真田廣之 飾），是天下人公認的戰神。

無歡的完美容貌對[illegible]的吸引力，連男人都想多看一眼。

昆侖誓死效忠主人，他其實是擁有動術天賦的雪國人

目錄
Contents

3 楔子
29 1 日晝
59 2 極樂
83 3 千羽
111 4 昆侖
139 5 渙夜
165 6 雪噬
197 221 7 偷天換日
257 尾聲

楔子

一

像是突然有了光。

一瞬間像是歸於黑暗的世界被光線硬生生拉出一條口子。然後豁口逐漸擴大，光線洶湧而進，呑沒天地間所有的黑暗。

一隻烏鴉從一棵死亡的樹的枝椏上騰空而起。

附著在樹幹上的灰塵像被鞭子抽打了一下，騰地擴散在空氣裡。

這突然爆發的動靜讓小女孩心跳突然加快了一倍。

瞳孔被光線刺破，樹木，乾涸的土地，朝著風向翻捲怒吼著的破敗戰旗。

還有天地間疾走的狂風。

幾乎要把視線吹得東搖西晃。

一切事物在風裡被吹成模糊的輪廓，帶著被拉成長線的邊緣在視網膜上鑿出痕跡。

「這就是……死亡籠罩的戰場麼？」

恐懼攫緊心臟。

然後才是突如其來的饑餓感。

如果面對著死亡的時間超過一分鐘，那麼，以後也就不會再輕易地死亡。

反而會有更大的求生的勇氣。

就像是疾病了一場之後，獲得的，獨特的抗體。

人類的本能，支撐了繁衍了千萬年的歷史。

如同現在，小女孩在被屍骨遍地的人間地獄般的景象嚇得失去感知之後，她開始麻木地在每一具屍體上搜尋。死亡已經沒有了最初的威懾力。

她在無數死亡的邊上尋找著。

手指摸索過每一具年輕的，衰老的，結實的，鬆弛的……屍體。還有一具屍體倒掛在樹上，身上是沉重的盔甲。

她臉上是因爲檢閱死亡所帶來的麻木而蒼白的表情。

她一具屍體一具屍體地找過去，視線抬升，然後看到一個廣袤無垠的空曠戰場，屍體重疊著湧向遙遠的地平線。

地平線消失在屍體的背後。

風裡是濃烈的血腥味道。

「已經……結束了麼？」

直到摸到一塊乾糧的時候，她才稍微鬆了口氣，搓掉黏在乾糧上的半凝結的血塊，她把乾糧放進嘴裡，卻遲遲沒有咬下來。最後拿了出來，嚥了嚥口水，然後小心地準備放進衣服裡。

然後在一瞬間，她眼前的世界突然微微搖晃了一下，就整個翻轉過來。天地突然交換了位置，所有的事物顚倒了上下。

等她感覺到腳上傳來的疼痛時，她才反應過來自己被人套住雙腳吊了起來。

而剛剛在樹上的那具穿著盔甲的屍體突然活了過來，在小女孩快要尖叫以爲遇見鬼的時候，屍體突然摘下了頭上的頭盔。

是一個清秀而帶點邪氣的小男孩，嘴角以一個奇特的角度上揚著，他捏了捏女孩的臉，說：小賊，妳偷東西偷到我頭上來了。

「我沒有，」小女孩掙扎了一下，繩索更緊了，「我偷的是死人的東西，你又不是死人！」

他一把搶過小女孩的乾糧，臉上露出惱怒的表情，「嘴還很硬！」

他揚了揚手，作勢要把乾糧丟出去，「他們活著的時候是我爹的兵，死了的時候，也是我爹的鬼。你偷他們就是偷我老子，偷我老子就是偷我。」

小女孩看著他手中的乾糧，軟了下來，「你別扔，我媽媽兩天沒吃東西了。她受傷了，求你了，讓她吃點東西吧。她都快死了……」

小男孩俯下身子望了望她，說，「是麼？那好吧……」

然後揚手把乾糧朝遠處丟了過去。

小女孩閉上眼睛，兩行眼淚唰的流了下來。

小男孩對她的眼淚似乎很滿意，於是說：妳如果聽我的話，答應作我的奴隸，我就給妳吃的。

他低下臉。在她耳朵邊上說著，熱熱的呼吸噴到了她耳朵上。

「我答應。」

男孩反倒驚愕了。他只好將女孩子放下來。說實話他沒想到她會答應。

她從樹上下來，男孩子從衣服裡掏出一塊更大更新鮮乾淨的乾糧，說：跪著爬過來，拿去。

小女孩沒有說話，咬著嘴唇跪下來，然後朝著他爬過去。伸出沾滿血跡的手，接過了乾糧。在拿過乾糧的瞬間，她突然起身，用力撞在男孩的胸口。

男孩被胸口一陣沉悶而鈍重的痛感刺激地咬緊了牙齒，可是卻還是反應很快地用腳絆倒準備轉身逃走的小女孩。

小女孩把食物咬在嘴裡，伸手摸過身邊從屍體頭上掉落下來的頭盔，重重地砸到男孩的頭上。

這一下，尖銳的疼痛讓男孩再也沒力氣阻擋逃跑的女孩。

濃重的白色霧氣像水一樣沉甸甸地懸浮在死亡戰場的半空中。周圍是一聲一聲烏鴉尖銳的鳴叫。迴盪在整個空曠的古戰場上。

太陽沿著天空的軌跡上升。炎熱像火一樣撫摸過乾涸的大地。一道。一道。一道。裂紋。

女孩子朝前拚命地奔跑著，甚至顧不上擦一擦不停滾落的眼淚。

身後是男孩氣急敗壞的聲音，卻帶著一些他這樣的年齡不應該有的篤定和神祕。

——妳是我的奴隸。無論妳跑到多遠，我還是會抓住妳的。

時爲天極曆七七八年。

天大旱。戰事不斷。血腥籠罩遼闊的疆域。

死亡沿著山脈河流推進，一寸一寸地在沿路烙印下黑色的焦痕。

風將一切推波助瀾，席捲著一切，巨浪般地朝前湮沒。

二

王城。沉月軒。

沉月軒已經很多年沒有這麼熱鬧過了。

雖然說沉月軒在王城裡算得上是數一數二的客棧，可是，如此熱鬧的景象，也是從來沒有過的。老闆娘不斷地打著算盤，這連日來的進帳幾乎要讓她笑得合不攏嘴了。

一切都是因爲五月初二沉月軒門口貼出來的那張告示。

沉月軒說是客棧，其實幾乎可以算得上是一座王府了。主樓後面是個方圓七百丈的庭院，庭院裡交錯分佈著七棟別院，每座別院有十七間套房，十七間上等客房，十七間普通客房。別院與別院之間是清澈見底的荷花池塘。池水清澈無雜，很顯然看得出是有人每天精心維護的。無數的飛鳥貼著池塘的水面低低地飛過。偶爾驚動池內的鯉魚，翻滾起水花。

沉月軒內的飛鳥特別的多。顯然也是有人每天負責精心飼養。

誰也不知道沉月軒裡面究竟有多少隻多少種飛鳥。

而每棟別院內，都有一套主人套房，房間內古玩字畫全部價値連城。每個房間都有七個專門的僕人十二個時辰隨時等待著吩咐，如果主人不喜歡打擾，那麼所有的人都會離開，並且保證主人房周圍一丈之內不會有閒雜人等出現。

所以，每座別院的這套主人客房就變得千金難求。據說，平日如果想住在別院的主人套房，起碼要提前三個月下訂單，而且從下訂單那天開始，就要每天支付一兩黃金。不過依然是供不應求。甚至為了爭奪每個別院的主人套房，很多人不惜血本，甚至能為住上一晚傾家蕩產的都有。

雖然很多人都打過別院最尊貴的那個套房的主意，可是卻沒有人敢用強的，因為敢威脅老闆娘的人，第二天都會被發現死在客房的床上，四肢完好沒有任何傷口，卻一臉恐懼的表情暴斃。

所以，能夠在別院主人套房住上一晚的，都是非富則貴。要麼就是江湖上的能人異士。

所以，當老闆娘看到站在面前的兩個幾乎比山還要高的彪形大漢拿出別院主人套房專用預約的竹簡來的時候，老闆娘格外熱情，一張臉笑得像花一樣地說：請在前廳稍等片刻，我馬上就叫人收拾好，帶大爺過去。

那兩個彪形大漢垂著手乖乖站在桌子兩旁，甚至不敢坐下來，像兩隻馴服而溫順的羊。

因為他們的主人坐著。

他們的主人坐著的時候，他們絕對不敢坐。

同樣的道理，如果他們的主人死了，他們絕對不會繼續活下去。

而他們的主人，是一個看上去卻只有十七八歲的美少年。烏黑的頭髮，兩道劍眉斜飛進鬢角，眼睛很大而且狹長，充滿神韻。從頭到腳，每一件衣服或者裝飾都看得出來價值不菲。

老闆娘一邊叫小二去收拾「繁星院」，一邊盯著預約書簡上的客人名字。

玉鹿。

名滿天下的玉鹿小侯爺。父親是上朝王爺，後來退出宮廷，移出王城。可是親信弟子依然遍佈王城，勢力幾乎和當今的王爺不相上下，甚至有過之而無不及。而且，據說當初離開宮廷的時候，帶走了一大筆可觀的財富。所以，富可敵國這四個字在他身上並不是一種比喻。並且，當初跟隨著他離開王宮的很多人，都是當朝極其厲害的武士和咒術師。

玉鹿是家裡最小但卻是最聰明也最厲害的兒子。從小習武，卻同時文采飛揚。家裡有三個前朝頂尖的咒術師同時教他咒術。而他在十五歲那一年，就獨自打敗了三個咒術師。

同時，那一年，十五歲的玉鹿小侯爺名滿天下。

老闆娘剛要告訴玉鹿小侯爺房間已經準備好了，話還沒來得及出口，門口又進來了三個人。

這三個人實在是太奇怪了。老闆娘似乎看他們看得有點呆住了，以至於都忘記了要說的話。

其實三個人的樣子一點都不怪。只是放在一起就顯得特別的怪了。

兩個幾乎長得一模一樣的小姑娘，差不多只有八九歲的樣子，一個穿著白色的長袍，一個穿著紅色的長袍。兩個人唇紅齒白的，紮著兩個小辮子，特別讓人喜歡。而且兩個人都是低著頭，臉紅紅的，一副很羞澀而懂事的樣子。就像鄰居家的小妹妹一樣，看得讓人忍不住在兩個人臉上捏一把。

可是兩個人中間竟然是一個拄著拐杖被兩個小姑娘攙扶著的老頭子。背佝僂著，胸口幾乎像要貼到地上去了，腳還一直發抖，似乎站不穩的樣子，讓人覺得隨時都會摔下去。

這樣的三個人放在一起確實讓人很詫異。

還沒等老闆娘問起來意，其中一個穿白色衣服的看起來像妹妹的小姑娘就低著頭，慢慢地走過去，對老闆娘說：請問，七座別院的主人套房現在還有麼？

坐在前廳裡的玉鹿輕蔑地哼了一聲。前廳裡其他的人直接哈哈大笑起來。

老闆娘看著這個姑娘，覺得很有意思，一般人來，都只會問別院的主人房，排得到多少天之後的位子。而她，一上來竟然問主人套房現在還有麼。

老闆娘彎下腰，笑呵呵地對她說，小姑娘，沒有啦。最後的一套剛剛被這位英俊的玉鹿公子訂了。

哦是嗎，眞不好意思。小姑娘低著頭，退了兩步，然後竟然直接朝玉鹿走了過去。

她在玉鹿面前站定，然後繼續低著頭，輕輕地說了聲：請問，可以把那套主人房，讓給我家主人嗎？

時間像是停頓了三秒。

門外大街上的喧囂像是一瞬間退得很遠。

玉鹿緩慢地轉過頭來，看著面前這個低著頭的小姑娘。前廳裡所有的人也都停下手上的事情，像中了魔法般地一動不動。

小姑娘撩了撩垂在眼前的頭髮。繼續等待著他的回答。

三

樹木飛一般地向身後退去。

樹影凌亂細碎地在面前的視線裡搖晃。偶爾有枝椏擦著臉龐而過，帶來冰冷而稍微刺痛的劃傷的感覺。

小女孩拿著搶來的乾糧，飛一般地在叢林裡奔跑著。等到突然看清腳下橫陳著的一段朽木，卻已經停不下來了，被重重地絆倒時，手中的食物朝前飛了出去。

小女孩伸了伸手，差一點，搆不著。等到朝前挪了挪身體想要再次伸出手去的時候，食物下面的地面卻突然奇異地晃出了一圈漣漪。

小女孩揉了揉眼睛，覺得視覺出了錯。

可是再仔細看的時候，就發現食物緩緩地沉進土裡去了。

地面突然變成了柔軟的液面，泥土化爲流質。

小女孩的眼淚掉進沙池裡。

一圈一圈的水光蕩漾開來，在眼皮上晃著。小女孩擦乾了眼淚，突然被眼前的景象嚇呆了。

一隻手緩慢地從沙池裡生起，蒼白卻細膩的一雙手，像細沙一般的流質從指間緩慢地往下落，當所有流沙掉落下來，就看清了那只手裡托著的東西。

正是剛剛小女孩弄丟的那塊乾糧。

然後突然一陣刺眼的白光，然後白光閃過一瞬間之後又突然消失了，黑暗突然擁擠過來，等眼睛適應了剛才急驟的變化之後，小女孩看見了眼前的一團朦朧而柔和的光線。

光線裡是一個女人。微笑地站立著，望著她，沒有說話。

本來沒有風，可是她站立的那圈光芒裡卻像是從地面噴湧而出大量的疾風，並且從下往上怒吼著衝上蒼穹。所以，她的長髮，她的長袍，都翻捲著朝上飛舞。

周圍像是飄浮著若有若無但是分外宏大的梵樂。

耳膜嗡嗡地響著。然後這個女人說話了。

她的聲音聽起來像是從遙遠的遙遠的國度傳遞過來，小女孩覺得奇怪極了，明明是如此靠近自己的一個人。聽起來卻像是遙遠得無法觸及。

「傾城，不要哭，吃的東西還在。」

「妳知道我的名字？」小女孩擦了擦眼淚，望著她，「妳是誰？」

「我是滿神。」

「滿……神？妳是神麼？」

「嗯。是的。傾城。」她說話的時候，嘴唇也幾乎看不出變化來，「我還知道，妳的媽媽已經死了，她已經吃不到妳要帶給她的東西了。」

「那……那妳是神，妳可以讓我媽媽回來麼？我……」傾城看了看手中的乾糧，遲疑了一下，說，「我拿這個給妳換，妳把媽媽換回來好麼？」傾城眼裡大顆大顆滾出了眼淚。

「太晚了，」滿神搖搖頭，眼裡是憐惜的神色，「妳母親的命運已經結束了，因爲她的無極已經到了盡頭。」

「無極？那是什麼？」

「那是……等以後我再告訴妳吧。不過我可以先讓妳看看。妳想看麼？」

「好……」傾城沒有再哭了，只是眼淚依然掛在臉上。

「可是，如果妳看過了無極，那麼妳就要作出一個選擇，這個選擇，將改變妳的人生。妳還想看麼？」

「想……」

「好，」滿神的神色突然像是凝固下來，如同黃昏時絢爛的霞光被黑暗突然地湮沒，甚至是她整個人，都像是要隱沒到黑暗裡去了，「妳看仔細了。」

突然出現在她手上的一個小小的手卷讓傾城瞪大了眼睛，這個手卷還未開封，裡面像是有無數尖銳而強烈的白色光線般地發出燦爛的光芒，一絲一絲如同尖銳的針芒般附著在手卷上。

然後滿神把手卷輕輕地一抖。

樓臺。三千里遼闊的疆域。火焰怒吼著焚燒到天邊。洪水席捲而過。一千隻飛鳥遮雲閉日。羽毛紛紛揚揚籠罩了一整個王城。無數張稜角銳利卻模糊的男子面容一一掠過，微笑的，哭泣的，沉沒的，伴隨著背景裡若有若無的吶喊聲。天邊雷動的戰鼓，像是從頭頂轟隆隆滾過的巨雷。山脈淪陷成大海，貝殼凝固在高聳入雲的山峰頂上。誕生，成年，衰老，死亡。靈魂撕扯成碎片。時間凝固成點，空間扭曲成面。美好的容顏。長大後的傾城。繁花隨風落滿裙紗。花瓣翻滾著覆蓋過每一寸走過的土地……

所有的一切，帶著快速而混亂的光影，洶湧地衝進傾城的視界，在視網膜上留下稍縱即逝的痕跡。

傾城看得呆掉了。眼淚無聲而無知覺地在臉上一行一行地滾落下來。

也不知道什麼時候結束的，等到那些混亂快速的光影消失之後，傾城從黑暗裡模糊地分辨出越來越亮的滿神的身影。

「傾城，」聲音柔和而溫熱，「妳願意在死人堆裡一輩子這樣找著帶血的食物麼？」

「我不要……」

「妳願意為了一個饅頭就給別人下跪麼？」

搖頭。

「那好，」滿神的聲音突然顯得縹緲起來，像是從天空上遙遠國度穿來，「只要妳願意，妳就可以得到全天下男人的寵愛，他們會爲妳的一舉一動癲狂，他們會把他們所有的財富寶貝跪著捧到妳面前，但是……這一切都是迷戀，這一切的代價就是……妳一輩子無法得到別人眞心的愛。就算得到了，也會馬上消失。」

滿神低下頭，撫摸著傾城的臉，「妳願意麼？」

「我願意。」

「到底是小孩子，」滿神笑了，「這是一生一世的承諾，答應了就永遠無法改變的，除非時間逆轉，河水倒流，人死復生……」

「我說了，」傾城打斷了她的話，「我願意。」

滿神看著她，沒有說話，過了很久，她說了兩個字，「很好。」

四

玉鹿並沒有回答。倒是他身邊那個滿身肌肉的彪形大漢走了過來，大吼了一聲「找死」，然後揮起手一拳就朝小姑娘砸過去。

拳頭的速度和力量都非常地快，玉鹿侯爺的保鏢並不是誰都能作的，而且這一拳並沒有因爲對方是小女孩而手下留有餘地。所以，這也激怒了前廳坐著吃飯喝酒的其他客人。但是，玉鹿小侯爺卻是誰都不敢輕易招惹的。所以客人們也只能轉開了臉，或者臉上懷著憐惜而憤怒的表情看著這一切。

在拳頭撞上小姑娘臉龐的瞬間，「啊」的一聲慘叫尖銳地發出，甚至有人已經閉上了眼睛不想看到面前這個如花似玉的小姑娘被打得面目全非。

可是誰都沒有看清楚到底是怎麼一回事，那個出拳的彪形大漢就已經飛了出去，撞在牆壁上然後摔下來，那聲慘叫竟然是這個男人發出來的，只是他也只能發出這一聲慘叫了，因爲他摔倒在地之後，口中一灘鮮血在地面流成了一個血泊。兩眼圓睜，死了。表情充滿了驚訝。

前廳裡所有的人都和他是同樣一個表情。誰都不知道這個大漢是怎麼飛出去的，誰也沒看到小姑娘是怎麼出手的。

而她卻還是低著頭雙手垂在面前交疊著，像是從來沒有移動過。

旁邊的另外一個大漢臉上是又驚訝又惱怒的表情，他剛想走過來，玉鹿小侯爺輕輕地伸出手擋在了他的胸口。他轉過頭來望著面前的這個小姑娘，眼睛微微閉起來，細小的光芒在他狹長的眼睛裡遊走，忽隱忽現。半晌，他突然咧開嘴笑了，像是最溫柔的春風劃過一般，整張臉都是動人的柔光。他說：有意思，有意思。

他慢慢地起身站起來，然後抬起右手，把中指和無名指彎曲在手心裡，然後伸出小指和食指，抬起手，把手背輕輕地貼著嘴唇，然後突然一個邪氣而甜美的笑容出現在他的嘴角，他嘴唇動了動，像是念了句無聲的話語，然後把手朝旁邊輕輕一劃——

世界突然響起持續不斷的嗡嗡的弦音，然後迅速地，周圍的物體輕微地搖晃了兩下，空氣像是突然變成液體，周圍的東西都在弦音的晃動裡變得微微有些扭曲，像是被火焰灼熱過的空氣，微微地晃動著。從玉鹿的腳下突然伸展開一個透明的藍色矩形立方體，然後迅速地擴大，一瞬間就將兩人籠罩在了裡面，這個藍色的透明空間很大，幾乎佔據了整個前廳的大部分空間。

「矩陣封閉，」站在老頭子邊上的那個紅衣服的小姑娘輕輕地笑了，「能在一瞬間就作出這麼大而且完美的矩陣封閉空間出來，果然很厲害呢。」

玉鹿笑著，一張臉因爲笑容而顯得格外英俊和生動。果然是王城裡一直傳說著的絕世美貌的少年。

他對小姑娘懂得矩陣封閉並不感到奇怪，因爲剛才誰都沒有看清楚那個彪形大漢是如何飛出去的，可是，玉鹿卻看得很清楚，因爲小姑娘低著頭念了個小小的咒語。

很顯然，她也是一個咒術師。任何稍微懂得點咒術的人都應該知道，待在自己製作出來的矩陣封閉空間裡，咒術的能量是會變強很多的。

說完之後，小姑娘抬起手，作了個和他一模一樣的動作，手背貼進嘴唇，然後嘴唇動了動，手朝旁邊一劃——

她的頭髮和衣服突然像被風吹動般飛揚起來，腳下迅速地出現一個更大更厚的紅色矩形透明立方體，弦音更強地震撼著每個人的耳膜，紅色透明的矩形一瞬間就籠罩了整個前廳。

「既然要作，就作大一點吧，」她笑得天眞爛漫，然後轉頭對周圍已經嚇傻了的人說，「等下打起來，還勞煩各位稍微躲避點才是。」

玉鹿的笑容一點一點地消失在臉上。他的手輕輕地放在了腰間掛著的配劍上。

「妳用什麼兵器？」玉鹿問。

「我不怎麼用兵器。敢問公子用什麼兵器？」小姑娘依然笑盈盈的。

「劍。」

「那我也用劍算了。」

小姑娘轉身朝著旁邊坐著的一個男子走過去，不過他已經嚇得微微有些發抖。

「這位大哥，可以借你的劍一用麼？」

「可、可以……不過這劍不、不太好……」

「沒關係。」小女孩輕輕拿過他放在桌上的劍，抽出來，是一柄黑色的鐵劍，還算鋒利，只是算不得什麼特別的劍，也就僅僅只是鋒利而已。

不過，當玉鹿把劍抽出來之後，就不一樣了。純白剔透的劍身，幾乎要讓人以爲是玄冰打造而成的。劍身籠罩著淡藍色的光芒，薄得彷彿看不出厚度來。

「果然好劍。」一直沒有說話的那個老人突然開了口。

小姑娘回過頭去看了看老人，老人對她點了點頭，她也回應著點了點頭。

「那我就不客氣了。」

玉鹿說完之後手指重新扣起來，一瞬間天光迅速地消失在整個寬敞的前廳裡面，狂風一瞬間洶湧地從地面倒捲上來，玉鹿雙手緊握著放在嘴唇面前，豎起右手的小指和食指，閉著眼睛，低聲念著咒術。那柄劍突然消失，幻化成空氣中無數道飛快地遊走著的劍影。

「幻劍術！破！」

一瞬間，像是無數匹發亮的銀色錦緞，如同深海中鱗光閃閃的游魚般交錯地朝小女孩飛速地射去。

小女孩雙手緊握放在嘴唇面前。

「幻劍術！破！」

她手中的黑色鐵劍瞬間幻化在空氣裡，變成無數黑色的遊走的劍鋒弧形，交錯著急速向前，潮水般湧動著迎向白色的劍刃。

像是黑色和銀色的緞帶糾纏在一起，可是看上去柔軟無比的緞帶，卻互相發出金屬的撞擊聲。

屋內光線變得很暗很暗，風將兩人的頭髮衣服吹得朝上翻湧，發出獵獵的風聲，黑暗中電光火石，叮噹作響。

玉鹿突然睜開眼睛，手指一變，所有空中飛速流竄如同電流一般的白色劍刃突然消失不見，而他身後，懸空出現了一整幅牆壁那麼大的白色利箭組成的平面，所有箭都懸停在他身後的半空中。

「箭羽術！破！」

所有的箭一瞬間筆直朝前錯落地射過去，在空氣中拉動出一條一條前前後後錯落的白色光線。

小姑娘手指跟著一變，「箭羽術！破！」

她身後幻化出無數黑色的箭羽，每一根都飛一樣地朝前疾射過去，準確地與每一根白色箭羽相撞。

兩個像是靜止在空氣裡，頭髮，眉毛，眼睛，手勢，全部一動不動，只有嘴唇不停地念動著咒語，以及身後不斷射出的弓箭源源不絕。

兩個人周圍是呼嘯而過白色的黑色的光線，帶著模糊而銳利的光芒，將空氣拉開一道又一道透明的口子，空氣裡是清脆類似綢緞撕裂的聲音。

「我不信妳什麼都會！」玉鹿突然變化了手勢，他伸出左右手的食指，垂直交叉地在嘴唇面前劃了個十字，然後念動咒語，「逆光！破！」

那一瞬間，前廳裡所有的人都感覺到眼睛一陣針扎一樣的刺痛，所有會一點咒術的人，都急忙在眼睛上作出了封印，可是，在那一刻，大多數人依然在眼角撕裂般的痛覺昏厥過去。

小女孩在強烈到讓人失明的光線湧向自己的最後一瞬間，卻突然將左右手手指在嘴唇前面劃出了一個反十字，「逆光反噬！破！」

然後一聲轟然的巨響，夾雜著一聲慘烈的呼喊，一切迅速地歸於平靜。

黑暗裡光線全部遁形。

耳邊是嗡嗡的沒有停下來的弦音。

過了很久才聽到一點風聲，再之後，昏倒在地上的人才慢慢地爬起來，開始是一片深海般的黑暗，許久，才被第一道重新射進眼內的光芒刺得流出了眼淚。

等到他們能看清楚東西，才看到，剛才那個小姑娘，依然安靜地低著頭站在那裡，那個老人和他身邊的那個姐姐還是站在原地一動不動，像是沒有任何事情發生過。老闆娘依然站在櫃檯後面算著帳，撥打算盤的聲音清脆地響在空氣裡。

除了他們幾個人，其他的人全部倒在地上，而玉鹿小侯爺，躺在地上，雙手捂著眼睛，喉嚨裡發出一聲一聲的低嚎，指縫裡，鮮血汩汩地往外流出。

周圍到處橫倒著被剛才在空中急速劃過的劍刃削斷的殘桌敗椅，塵土飛揚在空氣裡，被窗外射進來的強烈的陽光光束照得毫髮畢現。

四周安靜得可怕。

血流到玉鹿的嘴裡，憤怒從心裡蔓延到全身，他咬著牙說，「爲什麼我的咒術……妳全部……都會？」

小姑娘低著頭，像是害羞一般沒有說話。一直站著沒有動的那個姐姐突然開了口。

「因爲你用的這幾種咒術，恰好我們都學過，又不是很難的咒術，會也沒什麼好奇怪的。這麼簡單的咒術，我們當然學得很快咯。」

玉鹿胸中一陣劇痛，因爲他自己很清楚，幻劍術和箭羽術自己練了整整四年，就算他勉強能夠相信這兩個小姑娘從四歲就練到現在也勉強可以練成，可是，逆光，這樣一個複雜而繁瑣的咒術，自己從五歲開始，一直練了十年，練到十五歲才練成，而且最讓他自負的一點是，他是家族裡最快練成逆光咒術的人。因爲本來逆光這個咒術就是上古傳下來的一個久遠到幾乎沒有人會使用的咒術，家族中教他的三個咒術師也是每個人都只會施展逆光咒術中的一部分。而現在，他居然聽到一個八九歲的小姑娘說逆光不是很難學，他感覺就像是有人在他的臉上不停地搧著耳光一樣。

「妳說的很快……是多快？」他刻意讓聲音控制得很平穩，讓人聽不出他聲音裡的恐懼，雖然他捂住雙眼的指縫裡依然在源源不斷地流出大量的血。

站在他面前的剛剛和他打鬥的小姑娘用很低的聲音說，「我沒有姐姐聰明，學得比較慢，我花了整整一年。姐姐只用了五個月就學會了。」

玉鹿什麼話都沒有說，勉強地站起來，然後摸索著朝門外走去。血一路滴滴答答地落下。

人群悄悄地散去，所有人像是逃避瘟疫一樣迅速地逃走，卻不敢明目張膽，只能很畏縮地裝作很鎮定的樣子悄悄離開。

前廳一瞬間空無一人，只有老闆娘的算盤聲還是很清脆地響在空氣裡。

然後她抬起頭，笑了笑說，先生是逍遙海百通門的人麼？

站在他身邊的紅衣少女抬起頭，饒有趣味地問，妳怎麼知道？

老闆娘笑得花枝亂顫，說，當今天下，誰不知道逍遙海的百通門精通各種咒術啊。

那位老人笑了，點點頭說，老夫正是逍遙海的離火，承蒙看得起。打壞貴客棧的東西，實在很對不起。

然後他身旁的那個像姐姐一樣的小姑娘走到櫃檯前，恭敬地放下一個籃子，裡面是十錠沉甸甸的黃金。

老闆娘笑得很燦爛，幾乎要笑爛了那張嫵媚的臉，她回頭對店小二說，小二，帶離火老先生去繁星院。

初夏的日光變化著角度，照穿了這一條繁華而冗長的街道。

這條街道上縮影著王城的盛世繁華，無數的王城人或者異地人，川流不息。

世俗甜膩的香氣纏繞著充盈了這一整條街道。

落日的餘暉最後緩慢地照耀在沉月軒的大門上。

在上面最顯眼的位置，貼了一張王城發下來的告示：

帝王近日欲招近護衛領，尋天下能人異士，有意者，請入住沉月軒，五月初九，光明大將軍將親自前來選擇適合人選。

1 日晝

大將軍光明端坐在他的將軍椅上，右手放在扶手上，撐著頭，眼睛閉著，似乎已經睡著了。

只剩他的副將也力在下面讀著手中的手卷。上面記載的都是帝王剛剛賞賜下來的物品。

「賞浮海紫玉環配七套。」

「賞上古琉璃盞四套。」

「賞堯尊四十四青銅器。」

「賞玄冰上古破咒箭矢一千枚，影子箭矢一千枚，神鋒箭矢一千枚，寒冰箭矢一千枚，火眼箭矢一千枚。」

「賞青膽映光瓶……」

「夠了，」大將軍光明微微睜開眼睛，對也力揮了揮手，說，「不用念了，拿到庫房去吧。」

光明說完又閉上了眼睛，彷彿手卷上記載的那些東西就像是柴米油鹽般的普通。可是，如果是一般人的話，別說拿到這些賞賜，僅僅是聽一聽這些名字，也會兩腳發軟。

可是，對於光明來說，這些都是微不足道的事情。

甚至這一整個天下，對光明來說，也不是一個什麼了不起的存在。

因爲當今的天下，當今的盛世，幾乎全靠光明一個人打拚下來。

六年前，光明繼承父親將軍的職位之後，征戰四方，讓極北之地的北公爵無歡甘願歸屬不再造反，平定南方逍遙海善於咒術的神火殿族人，順利擊退每一次蠻族人的進攻，收編西北荒漠中的遊牧巫師，統御苗疆族人，強行禁止降頭師在中原使用蠱術，壓制南海眾島嶼上的蠱師，並每年進貢極玉蠶王。

他像是一個奇蹟般的存在。

王城裡每一個人提到大將軍光明，都會發自內心地尊敬。

帝王爲他新建造了一個幾乎有一半王宮大小的宮殿賜給他，並命名爲日晝。和將軍的名字吻合。

宮殿四周的牆壁，在很多個特定的方位上，都放著一面巨大的銅鏡，當太陽照耀在上面的時候，這些銅鏡的光芒就會全部反射到宮殿最頂上的那一顆深海明珠上，在宮殿的最高處迸發出如同白晝般璀璨的光芒。

對於當今的天下來說，大將軍確實如同他的名字一樣，是所有人的光明。

王對於光明，也幾乎是有求必應，任何東西都可以給他，除了兩件事情。

第一件事情，理所當然的就是他的王座。

第二件事情，卻是他的王妃，傾城。

王對於王妃傾城的寵愛是全天下皆知的事情，可是，卻很少有人看到過傾城的容貌。

這很正常，就算是普通的帝王對普通的心愛的女子，也不願意她頻繁示人。

可是，不正常的地方是，王竟然也不讓傾城看到別的人的容貌。每一個進皇宮的人，都必須戴著面具才能進宮。

按照王的說法，他容不得傾城那雙全天下最美的眼睛除了他，還要看別的男人，甚至是女人，都會惹起他的怒火。

所以，每個進入王宮的人，都必須戴上面具。

連大將軍光明都不例外。

於是，誰都能看得出王對王妃的溺愛已經到了某種匪夷所思的地步。

今天一大早，大將軍光明就拿著面具朝王宮走去。

因爲今天，北公爵無歡要進宮，先行進宮的他的手下稟報說此行的目的是要送給王妃傾城一件貢品。

天下的人幾乎都知道北公爵無歡一直覬覦王位，只是倫常所限，輪不到他來當帝王。如果不是大將軍光明三年前攻下無歡的極樂宮，逼迫無歡答應不再爭奪王位。那麼，這三年來，王城絕對不會安穩。

可是，誰都知道，極樂宮已經不是一個簡單的公爵府，而是一個，龐大到幾乎接近一個王朝的組織。而且，最讓人畏懼的，是極樂宮中的一百零八個精通動術的殺手。

光線。疾風。搖晃的大陸。

從洪荒時代就沿襲下來的咒術，包括了幻術，召喚術，神語術，蟲術等等等等，以及其中的動術。

可是在咒術傳到現今的時候，極北之地的一族人突然放棄了其他所有咒術門類而專攻動術，於是在動術上取得了空前的突破，一時間，將動術徹底從咒術中脫離出來，形成獨特的動術師一族。

然後動術被嚴格地在內部傳承下來，動術師對於時間和空間上的移動和轉換，已經達到了空前頂尖的地步。

而無歡的極樂宮，就是收納了所有動術師的地方。

三年以來，雖然無歡表面上一直稱臣，可是，暗地裡，一直在積累勢力，尋找著機會推翻王朝。或者說是，刺殺帝王。因爲帝王死後，他是唯一剩下的一個具有王族血統的人，那麼就一定是他繼承王位。

所以，每次無歡從極北之地的極樂宮到王城來的時候，王都要光明寸步不離他身邊。

因爲光明是無歡唯一顧忌的一個人。

文武百官站立在正廳的兩邊，光明站在最靠近王的位置，他此時戴著面具，透過面具上眼睛的洞，他看著王座上的帝王，帝王王座的另外半邊被垂下來的金色帷幔遮住了，誰都知道後面坐著的就是聽說容貌驚爲天人的王妃傾城。帝王甚至捨不得離開她片刻，於是，連上朝，都要帶著她一起。然而又捨不得別人看到傾城的美貌，於是就用帷幔把她遮起來。

當所有人都在等著無歡進殿的時候突然起了一陣沒有來由的疾風，然後，誰都沒有看到在什麼時候，無歡已經安靜地站在大殿的中央了。

純白色的長袍，白得幾乎接近純淨的地步，似乎有無數柔光籠罩在他的白色長袍上面，泛出無限純淨的白光。

黑色的長髮，隨著圍繞在他身邊的風四散開來。

黑色的眉毛，星辰般的眼睛，卻有著邪氣而甜美的笑容。那個笑容掛在他完美到幾乎沒有瑕疵的臉上，顯得格外地充滿神祕的誘惑力。據說沒有任何一個女人可以抵抗他的誘惑。

濃郁的香氣彌漫在正殿裡。

非常的明顯，可是卻又很清淡。是從無歡身上散發出來的。類似汀蘭的香氣。

就連光明都不得不承認，無歡是一個太完美的男子，如果不是有著謀反的心理，他絕對算得上是一個完美得接近神的男子。

而且，他是唯一一個出入王宮不戴面具的男人。

唯一的原因就是因爲，他不願意。

只要這一個理由就行了。從來沒有人敢勉強他。

無歡微微地朝坐在王座上的帝王點了點頭，就算是行了禮貌。雖然很囂張，可是大殿上一個人都不敢說話。甚至連王都覺得這沒什麼。

帝王從王座上站起來，問無歡，你這次來是有什麼事情啊，北公爵？

無歡笑了笑，又是那樣邪氣而美好的笑容，像是最舒展的風一樣掠過大殿，他說，給王帶來一件禮物，可以送給王妃傾城。

聽到王妃傾城的名字，王的臉色微微地變了。他不願意別的男人提到傾城的名字，特別是無歡這樣的男人。而且他也不願意他在王宮裡待太久，因爲，他那張沒有面具遮蓋的面容，幾乎可以吸引所有女人的目光，就連在朝堂上這些身爲男人的大臣，也一直在盯著無歡看。所以，王也知道，現在帷幔後面的傾城同樣可以看見無歡那張英俊到無法相信的容貌。

就像無歡的出現一樣，誰都沒有看清楚他手上那個巨大的盒子是如何出現的。

無歡伸出手在盒子上輕輕一拂，然後盒子就像是被無形的力量打開了，無歡輕輕動了動手指，盒中緩緩地升起一件全部由羽毛織成的衣服。

無數純白色的羽毛，泛出柔和的白色光線，像是籠罩在無歡身上的那些柔光一樣。無歡把手往前一送，那衣服懸在空中，像是被無形的手托著，朝著王座飄過去。

不過所有人都對這並不感到稀奇，因爲對於精通動術的無歡來說，移動一件衣服這樣的事情，實在是和喝水吃飯般普通而簡單。

不過王卻瞬間變了臉色。

可是無歡卻當作沒有看到。他張開口，用低沉的，卻很溫柔的聲音說，王，這是我從極北之地帶來的千羽衣，希望王妃喜歡。

「千羽衣……」

「這名字可不太好啊……」

「他是故意取這樣的名字的吧……」

「哎，太挑釁了……」

「也只有他敢送這樣的東西給王吧……」

無數的議論聲悄悄地從大殿內浮起，嗡嗡地充斥在寬敞的空間裡。回聲四處遊走。

王轉身離開了王座，走之前留下了一句：「你的心意本王很感謝，沒別的事情的話你先退下吧。其他人也可以退下了。」

人群紛紛朝著門外走去，而無歡站在當場，安靜地微笑著。

依然是那樣甜美，而邪氣的笑容。

就像所有王城的人都知道極樂宮一樣，所有的人，也一樣知道千羽樓。

和極樂宮一樣，千羽樓的存在一直是王的心病。

天極曆七九〇年。王朝繁盛。光陰浩大。

當今天下的咒術師，是從上古時候就一直延續下來的，可是到後來，咒術師越來越少。到最後，咒術已經演變爲王族專屬才能學習的技能。所有稍微會一點咒術的人都被皇親國戚邀請到家中，地位尊貴，就爲了自己的兒女後代能夠學習咒術。

而那些僅存的咒術師中，最優秀的咒術師，全部都屬於千羽樓。

而千羽樓的人，全部都是女人。

可是，相對於這個王朝同樣著名的兩股力量，日晝城和極樂宮，千羽樓卻是如同荒海遺跡一般的存在。

沒有人知道千羽樓的正確位置。

沒有人知道千羽樓的首領是誰。

沒有人知道千羽樓裡到底有多少個咒術師。有些人說是一百個。有些人說是一千個。

而唯一知道的，就是，千羽樓裡的所有女人，每一個人的名字，都是一種鳥。

每一年。每一個月。甚至每一天。

都有朝廷作官的人被刺殺。

所有被殺的人都死於咒術。

而且就算是王城裡守衛最森嚴的王宮，也經常受到千羽樓的偷襲。

防不勝防的咒術將王城籠罩在一種疾風高樓搖搖欲墜的氣氛之中。

要不是光明大將軍在王宮周圍佈下的白光結界能夠洞察一切王宮內的咒術能量流動，稍有異常光明就會迅速趕到王宮，那麼，王早就被刺殺過千次萬次了。

千羽樓是光明心頭最大的一塊石頭，也是帝王最大的一塊心病。

可是，極樂宮可以平定，蠻人可以擊退，降頭師可以統馭，但，千羽樓卻一直像一個古老的傳說般存在著。

像是謎一般的，遺跡一般的，存在著。

如同懸在頭頂的，三尺鋒芒。

如同哽在喉間的魚骨。

可是，千羽樓卻並不僅僅威脅著王城。同樣也威脅著極樂宮。
因爲兩個組織，有著相同的目的：推翻王朝。
所以，有了千羽樓，就不會有極樂宮。

所以。

千羽樓。極樂宮。日晝城。
三個微妙而又奇怪的關係。
兩個想要取帝王的命。一個想要保護王朝的安定繁盛。
卻彼此兩兩爲敵。
就這樣微妙，而沉默地存在了很多年。
一直到王城的官兵貼出了那一張在沉月軒門口的告示。
一切就像是水波般，微微搖晃起來。
那張告示的內容像是被施了咒語一般，飛速地在這塊繁華與洪荒並存的大陸上傳遞，像音浪一般地，翻山越海，洶湧著朝前覆蓋而去。
所以，當老闆娘在沉月軒的前廳裡看到了來自南疆打扮的降頭師和來自群島上的蠱師時，就一點都不奇怪了。

各種各樣的人，懷著各種各樣的目的，聚集在沉月軒裡。

太陽已經完全沉下了地平線。

整條街道華燈初上。紅樓酒肆飄出一陣一陣甜膩的香味。

沉月軒的老闆娘看著手中的帳目，手指在每一間房間的客人名字上劃過去，帳目上除了記載著每個客人的名字之外，後面竟然每個人都有著批註，那些神祕客人的來處和身家，在老闆娘手中的帳目上，竟然就像是被登記在將軍出征狀上的士兵名目一樣清晰。老闆娘笑著，看來很滿意店小二的辦事能力。

帳目上寫著：

「疾風院，七牧察，西北遊牧巫師。

「墨竹院，藍磯鶇，南疆降頭師。

「沉水院，泫小柔，中原世家，善用毒。

「浮雲院，怒莽，遊散在中土的蠻人。

「飛鳥院，孔雀，不明。

「滄海院，流光，星羅群島蟲師。

「繁星院，離火，逍遙海百通門。」

而離火和他帶的兩個小姑娘，還有住在飛鳥院那個來歷不明的孔雀，現在都在前廳吃著晚飯。老闆娘看了看他們，然後又笑了。

她似乎很愛笑。

不過誰也不知道她爲了什麼而笑。又或者，根本沒有原因，她就笑了。

本來對於帳目上那個孔雀後面只寫了兩個字「不明」，她是應該很不滿意的，可是不知道爲什麼，看上去她一點都不介意店小二沒有查出她的來歷，或者，她已經知道了她的來歷。

沉月軒的店小二剛在大門口把兩盞極其華麗的琉璃宮燈掛到門廊的橫木上去，就被從遠處傳來的嘈雜聲響吸引了注意，他轉過頭去，看到長街盡頭那裡，行人紛紛退讓，似乎有什麼恐怖的怪物朝著這邊來了。看了一會，就看到七個白衣人緩慢地走過來。

在遙遠的長街的盡頭，很慢很慢地走著。

可是卻不知道爲什麼，在遙遠的街的盡頭處踱著步的七個人，一下子就變得離他只有十步之遙了。店小二揉了揉眼睛。不太敢相信。

等他再揉了一下之後，就看到七個白衣人已經站到了面前。

然後他兩腿一軟，從凳子上摔了下來。

老闆娘正在打著算盤算帳，就被店小二跌跌撞撞地進前廳的聲音打斷了，他面色發白，頭上是幾顆豆大的汗水，從大門走到櫃檯前，撞歪了一張桌子四張凳子。

這惹得老闆娘皺起了眉頭低聲罵了句：你見鬼了啊你？

店小二咬著牙，哆嗦著猛點頭，口中結巴樣地說著，「極……極……」

不過，還沒等他說出來，店門口進來的人就幫他補完了這一句在他口裡憋了半天的話。

一個爽朗而有磁性的聲音說了三個字：極樂宮。

七個白衣白衫的年輕男子在前廳裡或站或坐，有的人微笑著，有的人面無表情，有的翻轉著手掌，然後茶壺就像是被隱形的人托著一般把他面前的杯子倒滿了茶。最後一個進來的也是最年輕的男子，伸出手指在身後搖了一搖，大門就嘎地關了起來。

一時間，像是整個大廳的光線突然明亮很多，無數的柔光像是從七個年輕男子身上緩緩地彌漫出來，擴散在空氣裡，以至於懸掛在橫樑上那些華貴的宮燈發出的光芒，完全可以忽略了。整個大堂看起來就像是一幅完美的畫卷一樣，流淌著柔和的白光，恰到好處的人分佈在各個方向，構圖均勻，色澤飽滿。

帶頭說話的那個人面帶微笑著走到老闆娘面前，大概三十歲的年紀，雖然年紀有點大了，可是卻依然英俊且挺拔，一身一塵不染的白色長袍更是襯出他的氣質。

他對老闆娘拱了拱手，說，在下蘇尋海，不知貴店還有沒有別院的主人房空著，在下想訂，隨便哪間，都可以。

老闆娘也笑著望了他一眼，好看的男人誰都喜歡看，可是她說出來的話卻沒她的笑容那麼讓人高興，她說，可是隨便哪間，也都訂完了。說完攤了攤手，臉上露出了很遺憾的表情。

蘇尋海依然很有禮貌地問，不知道訂的客人都是誰，說不定有在下認識的，可以通融通融，讓與在下。

老闆娘笑盈盈地看了看前廳裡正在享受著沉月軒美食的那個來歷不明的孔雀和逍遙海的離火，對蘇尋海說，他們兩位，一位就是住在飛鳥院的孔雀小姐，一位是住在繁星院的離火先生，不知道閣下認識麼？

氣氛一下子突然變得緊張起來。

誰都不知道爲什麼平日裡八面玲瓏的老闆娘突然會這樣明顯而幾乎半公開地挑起矛盾來。

情。

可是，每一個人都還是剛剛的樣子，七個白衣男子依然或坐或站，依然笑著或者面無表情。

離火依然在喝著面前的紫筍春鴨湯。

孔雀在喝茶。

沒有任何的異常，可是誰都能感覺得出空氣裡波動出的那些不易察覺的變化。像是有一根弦，逐漸逐漸地繃緊在每個人的胸腔裡。

蘇尋海退回到桌子邊上，優雅地坐下來。然後拿起茶杯，喝了一口，對著茶杯溫柔地說，如果是逍遙海的離火先生的話，應該不用談了吧，先生肯定願意讓給我們晚輩的吧。

雖然語氣是非常非常地客氣，可是，說話的態度，以及完全看都不看一眼的神情，卻是十足的挑釁。

離火喝著湯，動了動嘴唇，卻最終沒有說什麼。只是臉色微微紅起來。畢竟聽到這樣的話，誰的面子都掛不住。

可是畢竟離火不是一般的人，他依然可以很鎮定地喝湯，甚至連端湯的手都依然很穩。

倒是他身邊那個年紀大一點的小姑娘沉不住氣了，她剛想站起來，然後就被旁邊的妹妹站起來對她搖了搖頭，說，我去吧。

她依然是害羞地低著頭，慢慢地朝蘇尋海的那個方向走了幾步，停下來，小聲地說，蘇先生，不好意思，我家主人已經訂下繁星院，很對不起……

她的話才只說到一半，就被人硬生生地打斷了。

打斷她的就是最後關門進來的那個最年輕的男子，甚至都說不上是男子，感覺像個十七歲的少年。

他面無表情地只說了一個字，他說，滾。

然後動了動手指，隔空飛過來一個茶杯，他拿起來喝了一口，又補充了一句，這裡輪不到妳說話。叫妳主人來說。

小姑娘的臉頓時紅了起來，雖然她低著頭，可是還是能從她的急促呼吸感覺得出來她控制著自己的情緒。倒是她的姐姐，從桌子邊站了過來，抬起手，豎起小指和食指，將手反過來，手背貼近了嘴唇。

「我勸妳，」那個少年又開口了，不過看都沒看她一眼，「最好還是先用上矩陣封閉吧，不然，我擔心妳連咒語都念不出來。」

紅衣少女臉漲得通紅，咬著牙說了聲：「少看不起人了。」

可是白衣服的少女拉了拉她，然後抬起手，念動了咒語：「矩陣封閉！」

一瞬間，紅色的透明矩形空間擴展開來，而這次，竟然將整個沉月軒籠罩在裡面。

那一聲尖銳的弦音突然地在黑夜的天空上彌漫開來，整條街上的人都全部驚呆了，抬起頭看著突然出現在沉月軒上空的這個巨大的紅色透明矩形空間，不懂咒術的人以爲遇了邪，而稍微懂點咒術的人，全部都被嚇傻了。這樣巨大的空間，在一瞬間就出現了，這應該要怎麼樣的人才作得出來啊。

這次，就連老闆娘都停下了手上的事情來看她，能夠在瞬間作出這麼大的矩陣封閉來，對於任何一個成年的咒術師來說，都是件很不容易的事情，何況是她這樣八九歲光景的小女孩。

當空間完全擴展開之後，白衣少女迅速將手朝旁邊一劃，在離開嘴唇的瞬間，她張開嘴唇念動：

「流星射！破！」

無數顆拳頭大小的光芒，拉長著模糊的光影，朝著那個少年呼嘯而去。周圍的空氣被拉出一道一道透明的痕跡來，速度很快，光線晃得人眼睛都刺痛起來。

風聲在耳邊發出尖銳的嘯叫，地面的塵土被捲得飛揚起來。

可是，那個少年伸出食指，朝著那些飛過來的流星一樣的光芒，輕輕地說了聲：

「停。」

然後，那些剛才還像是刮起疾風般呼嘯著的光芒，一瞬間硬生生地全部停在空氣裡，甚至那些拉長的模糊的光影，都像被凍僵般地凝固在空中。

那少年的手指往下一劃，所有流星轟然墜落在地板上摔得粉碎。

那些光芒，竟然眞的就被凝固成了實體。

然後少年朝著空氣裡，用食指中指在虛空裡劃了個十字，然後，就聽到玻璃碎裂的聲響，籠罩著一整個沉月軒的紅色矩陣封閉空間轟然倒塌下來。

白衣服的少女跌坐在地上，手緊緊捂住嘴，指縫裡朝外噴湧出一股一股的鮮血。

紅衣服的少女抱著自己的妹妹，眼淚唰唰地流下來，她回過頭去看著老人。

而老人的雙手，已經用力握緊，指甲嵌進手心裡，甚至刺破了皮膚。

可是，他最後也只說了一聲，「我們走。」

蘇尋海揮了揮手，於是剛才因打鬥而弄歪的桌椅一瞬間又恢復了整齊的樣子。

蘇尋海慢慢地走到一直在喝茶的孔雀的身邊，低著頭行了個禮。

「聽說千羽樓裡的所有咒術師都是絕世的佳麗，而且，每個人的名字都是一種鳥，所以，如果在下沒猜錯的話，小姐應該也是……千羽樓的人吧？」

孔雀沒有搭理他，起身對老闆娘說：我吃好了，錢記到帳上，我回房間了。這裡太吵，煩死人了。

說完，就眞的走了，像是面前完全沒有蘇尋海這個人。

倒是那個最小的少年沉不住氣了，他站起來，沒看清楚他怎麼動的，就從那邊的桌子突然幻影般地擋在了孔雀的前面。

「不要以爲極樂宮眞的怕了你們千羽樓，尋海師兄在和妳說話，妳聽見沒有？」

孔雀看了他一眼，然後突然笑了，笑容說不出的好看，就像是眞正的孔雀般艷麗。

然後，她竟然徑直地朝著少年穿過去，像是煙霧般地，穿過了少年的身體，朝著後院走去。

月光照著她拖在地上的華麗長袍，長袍在月亮的冷色光芒下泛出華麗的色澤。

她身後，那個白衣的少年面容痛苦地扭曲著，緩緩地倒了下去。

蘇尋海在少年快要倒地的時候伸手托住了他。然後對著身後的另外兩個少年，吩咐他們先送他回去。

他朝著孔雀的背影再次行了個禮，說：師弟失禮了，還請小姐不要計較。已經有離火先生的客房，我們就先居住了。但是，如果小姐還有什麼不滿意或者覺得我們得罪了小姐，請儘管來找蘇尋海便是。

孔雀並沒有任何的反應，依然向前走去。只是，誰都聽不到她微笑著低聲念了一句：找死。

蘇尋海回到櫃檯前面，對老闆娘說，麻煩了，請安排一下繁星院。我們住進去。

老闆娘笑了笑說，不好意思，繁星院要維修，暫時關閉。

蘇尋海楞了一楞，沒想到老闆娘突然說了句這樣的話。

於是他反倒笑了，他繼續問：那請問，要關閉到什麼時候呢？

五月初十。

蘇尋海笑得更大聲了，笑完之後，他說，妳是說，要等到光明將軍走後，我們才能住進去麼？

老闆娘陪著他笑著，說，是的。

蘇尋海突然收住了笑聲，然後面無表情地說，在我發脾氣之前，妳最好把繁星院收拾好。否則我讓沉月軒今天晚上就燒個精光。

老闆娘也收住了笑，臉上是結霜般冰冷的表情，誰都沒有看過一向笑臉迎人的老闆娘擺出這樣的表情來。她說，你別忘記了，你也就只是個動術師，說到燒，說到用火，你連屁都不是。

今天晚上，如果是一直在這條街上的人，就會再一次地被震撼住。在剛剛的紅色透明空間消失後不久，一個更大更厚的幽藍色空間再一次地籠罩了沉月軒。

誰都分不清楚這個矩陣封閉是誰放的，因爲動作快到幾乎看不見。就像是憑空出現的一樣。

只有老闆娘看得清清楚楚，這個藍色的矩陣是如何從蘇尋海腳下膨脹開來的。

不過老闆娘並沒有慌亂，反倒特別地鎮定。

她放下手中的算盤，把垂下來的幾縷頭髮重新拂到耳朵背後。

她看到自己面前的蘇尋海變成了四個。

她知道這是蘇尋海的動術，迅速地在四個不同的地方不停地移動著，因爲從一個地方到另一個地方的動作太快，快到幾乎看不見，只能看見他停下來的動作，所以，感覺似乎面前有了四個蘇尋海。

雖然她不是專修動術一門的極樂宮的人，可是，這些，她竟然像是了然於胸。

她伸出手指背部貼住嘴唇。然後，緩慢而輕柔地，像是在情人耳朵邊上喃喃的聲音般地說：

「蜂尋！破！」

無數巨大的黃蜂突然從空氣中幻化出來，朝著四個幾乎沒有差別的蘇尋海飛過去，雖然蘇尋海動術快到極限，黃蜂無法分辨出哪一個才是眞正的蘇尋海，可是，黃蜂一直停留在每一個「蘇尋海」的身邊，於是，蘇尋海也就只能不停地變換著位置，不敢停下來。

老闆娘變了變手勢，又念動了一句：

「蜂銳刺！破！」

空氣中密密麻麻的黃蜂，幾乎要充滿一整個空間了。

其他的白衣男子，早就已經被那些幻化出的黃蜂團團圍住。儘管他們也希望像是對付流星光芒那樣把這些黃蜂統統定住，可是，無論喊了多少次「停」，無論念動了多少次「凝固之寒」，無論凝固了多少隻黃蜂，可是，空氣裡都不停地幻化著更多更兇猛的黃蜂出來追逐著他們。

而那些被停止了而凋落在地上的黃蜂，不斷地簌簌地凋落在地面上。竟然像雪花般的越積越高。一寸一寸地上升著，地面上全是黃蜂的屍體。

整個前廳裡都是這些上下疾走如飛的白衣男子，勉強地逃避著這些黃蜂的追趕。動術快成流雲，無數上下流竄著的白光。

蘇尋海氣得發抖。可是還是不敢有半點停滯。

老闆娘找了張凳子坐下來，溫柔而微笑著看著這一切。過了會，她再一次地伸出手。

「千蟻蝕日！破！」

那些掉落在地上的黃蜂的屍體，一瞬間全部變成了黑色的巨大的螞蟻，密密麻麻的從地上，慢慢的爬上牆壁，爬上桌子，爬上椅子，爬上每一個白衣男子落腳的地方。

極樂宮的人不得不將自己懸停在半空中，找不到地方可以落腳。

而隨著其中一個人的慘叫開始，接二連三的慘叫不停地從他們口中發出來。

因爲他們的衣服上直接幻化出了無數的黑蟻，然後朝著衣服裡的肌膚咬噬而去。

所有的白衣男子全部倒在了地上，一動不動，身上是湧動著的無數的毒蟻，牠們在被咬空了的眼眶，鼻子，耳朵裡，不斷地進進出出。

唯一還在呻吟的是蘇尋海。

老闆娘溫柔地蹲下來，蹲在他的身邊。

他呼吸急促，伸手抓著老闆娘的衣服，「妳到底是誰？我知道老闆娘……妳不是她……她不可能會這麼高的咒術。而且，她怎麼會和……極樂宮的人作對……妳到底是誰?!」

老闆娘笑了，她說，「我也認識老闆娘，她確實不會咒術。不過我見到她也是十年前的事情了。十年都沒有看到她，很想她呢。」

「那這整整十年……都是妳在經營沉月軒?!」蘇尋海像是想起了什麼，不可相信地搖了搖頭，「可是……不對，妳如果不是她，那妳怎麼會和她一樣的容貌？」

老闆娘笑得特別地溫柔，春風拂面一般地溫柔，她說：「你終於問到關鍵的問題了，因爲我善於畫眉。」

「畫眉……畫眉！妳才是千羽樓的人！」蘇尋海的臉扭曲到一起，已經完全看不出是個英俊的男子，臉上只剩下恐懼的表情，「沉月軒……沉月軒是千羽樓開的?!」

「算你聰明，沉月軒就是千羽樓的第七樓，」老闆娘在他臉上隔空劃出了十字——

「可惜你再也沒辦法聰明下去了。」

她站起來，看著面前的蘇尋海再也無法閉上的眼睛，面無表情。

然後她把雙手交叉在胸前，然後突然像蒼鷹般伸開雙臂——

嘩啦啦的聲響，無數翅膀搧動的聲音。數以萬計的飛鳥從窗外的後院裡疾飛進來。

所有的飛鳥在前廳的空中環繞著急速飛翔。翅膀交疊遮蔽了所有的光線。

然後一瞬間又洶湧著衝出了房間。

世界突然安靜下來。耳邊是太過寂靜而發出的類似弦音的嗡嗡聲。

地上的七具屍體已經全部不見了。

飛鳥帶走了他們。

甚至帶走了所有的塵埃。

一千隻飛鳥飛過王城帶血的天空，翅膀裁剪著每一片沉甸甸的黑色雲朵。

老闆娘望著空無一人的長街盡頭，眼睛裡閃著若隱若現的光芒。

已經五月初六了。

還有三天。

她對著天空伸了伸手，一隻黑色的鴿子從濃厚的夜色裡飛過來停在她的手上，她把鴿子移近自己的臉，對著鴿子低聲說了幾句話，然後手一揮，鴿子像迅捷的鬼魅般消失在夜色裡面了。

連日暴雨。

厚重的雨水將日光挫得模糊，視線很昏。在飛鳥翅膀的覆蓋下透出灰塵的暗角。錯亂而急促的雨點密密麻麻的敲打在每一寸土地上。各種昆蟲小獸飛速地朝著地底深處躲藏。溫暖的洞穴埋藏在轟隆的雨聲裡面。像是世界裡成千上萬的小小的角落。安全而又昏黑溫暖。

水流急速地匯聚成河，沿地面各處高低流淌。

飛濺起來的水花在地面一尺的高度懸浮著，讓一整個王城的地面都籠罩上一層水霧。看不清楚周圍。

一片昏黃色的霧氣籠罩的空間。甚至連腳下踩著的地面也看不清楚是什麼。地上也浮動著一層煙霧一樣的東西。

只有臺階上的王座上能看到一個人的輪廓。一團柔光凝聚在臺階之上，像一個琥珀一樣。

千羽樓的所有的人都知道那是她們的首領，風之白翼。

所有人都沒有說話，因為她們都知道，如果她沒有問問題，那麼誰都不可以多話，同樣的道理，如果她問了問題，那麼，無論如何，她都要聽到一個讓她滿意的答案。否則，就是死。

千羽樓能夠傲視群雄在王朝中樹立這麼多年，就是因為她們的這個首領。誰都不知道她是誰。誰也不知道這個被煙霧籠罩著的千羽樓的第一樓在什麼地方。

所有的人，都是在接到一隻黑色鴿子的通知之後，在某一個特定的瞬間，就會被時空轉移到這個房間裡。或者說，這個空間裡。

因為甚至都無法看出來這裡是不是一個房間。

而現在，所有的人都沉默著。等待著白翼的命令。

直到一隻鴿子從濃霧裡飛出來，嘩啦撲搧著翅膀朝白翼飛過去。

白翼讓鴿子停靠在自己的肩膀上，然後側耳像是在聽牠說話一般的專注著。然後，她輕輕地笑出了聲，揮了揮手，黑色的鴿子又像是鬼魅般消失在濃霧裡。

「畫眉的任務完成得很好，也很順利，」她的聲音聽起來非常具有誘惑力，「後面的行動繼續按照計畫進行，只是……」

她突然停了停，然後叫：「鸚鵡。」

「在。」一個聲音平常聽不出任何特色的女人在下面回答。

「妳今天回去之後會接到我的一個命令，然後明天早上開始，妳就去準備執行它。等到我的信號。然後就開始行動。」

「是。」

千羽樓中，永遠都是這樣，每個人只知道自己的任務是什麼，其他人的任務，根本就不清楚，只有風之白翼一個人，才知道所有的計畫。

所以，無論接到再怎麼離奇古怪的任務，千羽樓的人都會用最大的努力去完成，因爲常常，那些看起來完全沒有必要完全匪夷所思的任務，往往都是計畫成功的關鍵。

所以，當鸚鵡回到自己住的地方，在聽完從後院中飛出來的黑色鴿子的指示之後，她絲毫不覺得自己執行的任務可笑而荒謬。她唯一知道的就是，只要白翼需要她執行這個任務，那麼，就一定有她的道理。

五月初六。

離五月初九大將軍光明到沉月軒只有三天了。

三天，卻可以作很多的事情。

老闆娘站在沉月軒的大門口，望著黑色的夜空等待著。

過了一會，黑色的天空上突然刺破一點尖銳的亮光，然後一隻黑色的鴿子從天空像箭矢一樣地俯射下來，畫眉還沒有看清，牠就已經消失不見了，只剩下一聲倉促而尖銳的鳴叫擴散在如墨的夜色裡。

手上是一張黃色的符咒，上面的咒文寫得很清楚：

五月初九之前，配合孔雀，殺死沉月軒中所有競爭近護衛領的人。

2 極樂

五月初七的黃昏。

後天就是大將軍光明到沉月軒選出近護衛領的日子。

沉月軒看上去一片平靜，朦朧的夕陽光輝均勻地灑在整個庭院裡。

飛鳥低低地在湖面上穿行。偶爾驚動了水底的紅鯉魚，迅速地擺動尾巴，蕩漾開一圈漣漪。

老闆娘依然在清脆地打著算盤。似乎又恢復了那個笑容如花八面玲瓏的老闆娘。

好像昨天剛剛在這裡用咒術殺了七個極樂宮的人並不是她一樣。

然後，懸掛在店門口的那一串銅鈴發出清脆的響聲。

有人進來了。

老闆娘抬起頭，笑得花枝亂顫地走過去招呼進來的客人，因爲她知道，敢在這個時候還繼續入住沉月軒的人都有兩把刷子。

可是她走到進來的這個人面前，臉上的笑容就慢慢地變得掛不住了。

因爲她覺得面前的這個人實在不值得她笑著迎出去。她甚至是覺得這個年輕人走錯了。進來的這個年輕人穿得還算乾淨，但是，除了乾淨，就幾乎沒有別的什麼了。樸素得幾乎可以用寒酸來形容的衣服，洗得發白，頭上纏了根布頭巾，漆黑的頭髮和瞳孔，倒是顯得很有神色。

他看到老闆娘走過來，臉上笑開了花，本來很大的眼睛笑得微微瞇起來，露出一排雪白的牙齒，有一個若隱若現的酒窩浮現在嘴角邊上。看起來很痞子氣，卻又覺得乾淨英氣。

他笑呵呵地對老闆娘打招呼：老闆娘！啊，好漂亮的老闆娘啊。

老闆娘笑了笑，說，得了吧，把力氣省省，用到小姑娘身上去吧，老娘要是再小十歲，估計小心肝都要被你這聲音叫軟了。

雖然是開玩笑的口氣，可是老闆娘也確實不得不承認，雖然這年輕人穿得沒有玉鹿那樣高貴華麗，也沒有極樂宮的人那樣全身散發著光芒，可是說不出爲什麼，就覺得全身都散發著那種致命的吸引力。如果她眞的再年輕十歲，肯定被迷得暈頭轉向了。

他拿著一根筷子，在頭上敲來敲去，感覺就像是個頑皮的少年，可是，卻有著成年男子深邃的輪廓。老闆娘自己都有點分不出他的年紀了。

他望著老闆娘，笑咪咪地說：我叫浮橋。

老闆娘也笑咪咪地說，浮橋先生，到沉月軒有何貴幹？

他突然很神祕地靠近老闆娘，說，妳不知道吧，帝王要選近護衛領，五月初九就在這個客棧選呢，到時候光明大將軍也會來哦。

他說著這些話，一臉得意的樣子。

老闆娘看著他，沒好氣的說，我知道。我比誰都早知道。

然後這個男子就吃驚了，他說，妳怎麼知道？

老闆娘說，我反而是不知道你從哪兒聽到的這個消息，只是呢，這個消息是從我家客棧門口的告示上傳到整個天下的。

然後浮橋突然站起來衝出門，去看那張告示去了。回來的時候他張大了嘴，一臉吃驚的表情，像是下巴都要掉下來了。

然後，他突然正色，神祕兮兮地靠近老闆娘的耳邊說，這樣，那聽說沉月軒有七間最好的套房，漂亮的老闆娘，妳去幫我弄一間來，我可是很有錢的哦。

老闆娘看了他足足一盞茶的時間，直到看得他全身不自在，感覺像哪兒不對勁，他左右上下看了看自己的全身，然後問，哪兒不對麼？

老闆娘指了指他的頭，說，你腦袋剛被馬踢過吧？你來之前問過沉月軒是什麼地方麼？

浮橋認眞地說，我問過我家主人了，他說只要我想住，就能住到最好的房間。我家主人是這麼說的。

老闆娘有點興趣了，問，你家主人是誰？

浮橋神祕地笑著，嘴角又是那種少年般痞痞的笑容，他說，這個啊……不能告訴妳。

老闆娘被他堵得有點生氣，於是說，那我也告訴你，沒房間了，一間都沒有。

浮橋靠近老闆娘，盯著她的眼睛，說，一間都沒有了嗎？一間都沒有了嗎？

像是空氣裡突然出現了些不經意的波動，透明的漣漪一晃就消失了。老闆娘也沒有在意。

儘管她不明白爲什麼他一句話要連著說兩遍，而且是相同的口氣相同的表情。

她又恢復了老闆娘笑容滿面八面玲瓏的樣子，花枝招展的揮著手帕，說，眞的沒有啦。眞的沒有啦。

而剛等她說完，身後有一個人的聲音傳來，那個聲音說，我的飛鳥院可以讓給這位公子。

老闆娘轉過身去，看到不知道什麼時候已經出現在自己身後的孔雀。

雖然她很疑惑為什麼孔雀要把自己的飛鳥院讓給這個不知來路甚至有點神經病的年輕男子，只是，因為白翼已經下過命令要她全力配合孔雀的行動，所以，她一句話都沒有多說，就招呼小二，帶這位浮橋公子去飛鳥院休息。

浮橋和老闆娘一樣的詫異，過了好半天才回過神來，興高采烈的去飛鳥院入住了。

對他來說，這絕對是天上掉餡餅的事情。

等浮橋朝後院走過去之後，孔雀才找了張桌子坐下來，然後對老闆娘說，這個前廳應該要打掃了吧。

然後老闆娘心領神會地對所有正在前廳中喝茶吃飯的客人說，不好意思，各位請先回房間，我會叫小二把菜全部送到各位房間去，因為光明大將軍後天就要到了，所以前廳需要打掃乾淨。實在不好意思啊，給各位添麻煩了……

等到所有的人陸陸續續離開了前廳回到自己的房間，前廳裡只剩下她和店小二，還有孔雀三個人。

畫眉抬了抬手，所有的窗戶都關了起來。然後她又隨手劃出了一個封印聲音傳播的空間。於是，一瞬間，四下裡安靜得連呼吸聲都可以聽到。

畫眉問，孔雀，爲什麼妳要讓他住進來？妳知道他是誰麼？

孔雀說，我不知道。

那妳還讓他住妳的飛鳥院？妳難道不知道飛鳥院裡有白翼佈下過的咒術結界，妳在裡面可以絕對安全麼？

我知道。

那妳還讓他住進去？

孔雀喝了口茶，她看起來比急躁的畫眉要稍微鎮定一點。她慢慢地說，剛才他對妳說的最後一句話，他重複了兩遍。妳知道爲什麼麼？

畫眉說不出話來。半晌，她說，不知道。

孔雀又說，那妳知道妳回答了他幾遍麼？

畫眉說，就一遍啊，我說，眞的沒有啦。

孔雀轉過身去望著店小二，問他，你告訴畫眉，她回答的是什麼。

店小二好像有點被嚇住了，支吾著說，老闆娘……老闆娘回答了……兩、兩遍……

畫眉粗暴地打斷他，不可能！我自己說的話我清楚。

孔雀慢慢地又喝了一口茶，她說，這就是我要他住進去的原因。妳確實只說了一遍，可是，他讓時間倒流了。

他讓時間倒流了。

這句話讓畫眉四肢冰涼地呆立在當場。她喃喃自語地說，妳是說……妳是說……他會……

是的，他會日晷逆照。妳也應該明白，會這種動術的人，全天下只有四個。

畫眉覺得心跳突然漏跳了好多拍。對於日晷逆照這種咒術，她僅僅是聽過而已，從來沒見人使用過。只是聽過首領白翼講述過這種高級的動術。

在與敵人交戰的時候，每一分，每一秒，每一剎那，都可以致命。可是，會這種動術的人，可以在戰鬥中，將時間逆轉過來，比如，你已經順利地在他咽喉上割開一刀，他必死無疑，可是，他只需要日晷逆照，一切就恢復到你將要割開他咽喉之前，而他已經知曉你所有的行動，你會再行動一遍，而他，卻會在你重複上一個他已經知道的行動時，給你致命的一擊。

畫眉突然覺得有些汗水沿著額頭流下來。她不知道，剛剛的自己，等於是從鬼界挪了半隻腳回來。

「最好的一個，是我們都知道的，是極樂宮的主人無歡，另外一個，我們也知道的，是他的第一殺手，鬼狼，」孔雀看了看已經沉默不語不再說話的畫眉，繼續說，「而其他兩個，我想應該就是我們一直想查，卻查不出來的，妖蝶雙星。」

「妖蝶……妳是說那兩個在極北之地的玄冰裡活了三千年的那兩個……怪物？那兩個叫枯葉和燕尾的兩姐弟？」畫眉的牙齒有點顫抖。

「嗯……來的這個可能就是枯葉。」

「這不可能……」

「我也希望這不可能。畫眉，看來這次極樂宮是動眞格的了，」孔雀長長地歎了口氣，她說，「妳去告訴白翼……說現在的局面已經是我和妳所不能控制的了，叫她趕快想辦法。我只能盡我最大的努力去控制現在的局面……因爲，我也不知道枯葉究竟要作什麼……從來沒有人猜得到他想作什麼……」

鸚鵡飛快地掠過飛沙走石的荒漠。

烈日的曝曬下，一切都反射著讓人暈眩的白光，刺痛瞳孔，灼熱每一寸肌膚。

鸚鵡從接到任務開始就一直在不停地趕路，一路過來動術沒有停過。

雖然鸚鵡並不是專修動術的咒術師，可是，畢竟千羽樓的人每一個都不是簡單的人物。

所以，當鸚鵡全力施展開動術的時候，其速度也是驚人。

可是鸚鵡並不敢有任何停頓。因爲她知道，在五月初八之前如果不完成白翼的任務的話，自己絕對看不到五月初九的朝陽。

雖然這次的任務很簡單。特別是對於鸚鵡來講。幾乎就像是說話般的容易。

可是，執行人物的地點，卻在王城萬里之外。

烈日轉換著角度，照燙大地的各個部分。

鸚鵡顧不上擦去額頭上的汗珠，換了換手指的姿勢，展開了更強的動術能量。

如果是碰巧有荒漠中行走的駝隊，他們只會覺得身邊突然疾疾地掠過了一道白光，只會以爲是在烈日下跋涉太久產生的幻覺。

沒有人會想到，剛剛從身邊掠過的那一道朝天邊迅速消失的白光，是當今天下最傑出的咒術組織千羽樓中的人，在前往執行任務的路上。

黃沙將一切吹成昏黃的色調。

像是諸神滅亡的黃昏，大漠中的海市蜃樓以及飛天的傳奇，全部跟隨著黃沙倒捲向烏雲翻滾的天邊。

轟隆的雷聲緩慢地從天空上流淌而過。所有的駱駝開始跪下來圍成一圈。荒漠中突然出現一群平日無法看見的黑色飛鳥。開始的時候是一隻，然後一百隻，一千隻，最後黑壓壓的一片交錯著覆蓋著天空。耳邊是密密麻麻的飛鳥的鳴叫和翅膀揮動的聲音。耳膜被刺得鼓鼓的。卻又無法分辨出詳細的音節。

五月初七的夕陽就快要落下去了。

王城王宮西偏殿。

沒有一個僕人和宮女。

因爲無歡不喜歡有任何他不熟悉的人伺候他。

所以，帝王在把他安頓在西偏殿之後，就把所有的宮女撤走了。

可是，所有的物品都像是被隱形的人拿著，托著，拉著，開始各自運動著。黃銅的水壺自動地從白玉池裡裝滿了水，然後就自己懸空滑到火爐上去，過了一會就開始突突地冒著熱氣。黃金的洗臉盆在火爐邊上的空中懸停著，等待著注滿熱水後就飛到床榻邊上。然後白色的毛巾跟著飛過來，緩慢的浸泡進熱水裡。

床榻後面兩把孔雀羽毛扇按照固定的頻率輕輕地搖著。

而床榻上側臥著的無歡，閉著眼睛，僅僅輕輕地晃動著食指。

因爲他是天下第一的動術師。

王城中幾乎所有的人都以爲他是爲了送那件千羽衣而來的。儘管大家會覺得單單爲了一件衣服而來，未免太不符合常理。可是，極樂宮從來就沒按照過常理出牌。而大家也就不再奇怪了。就算有一天無歡突然一把火燒掉極樂宮，也沒人會覺得奇怪的。

只有無歡知道他這次來到底是爲了什麼。

這件事情。他已經計畫很久了。

而現在，突然遇到了一件最頭痛的事情。

他閉著眼睛。眉頭微微地皺在一起。

五月初八，清晨的第一縷陽光從雕花窗戶照射進來，在房間的地面上投出雕花紋路的光斑。

畫眉睜開眼睛，開了開房間的銅壺滴漏，知道又差不多應該起來經營客棧了。

她揉了揉惺忪的眼睛，然後重新睜開，準備從床上起來。

可是，當她睜開眼睛的那一瞬間，她就發現，前一秒鐘還躺在沉月軒的自己房間的床上，而這一秒，她卻躺在了冰冷的地面上，周圍是昏黃色的濃霧，幾乎看不清前面兩米外的事物。

直到她抬起頭，看到臺階上那團柔光籠罩下的白翼的影子時，她才明白過來，自己已經被白翼召喚到千羽樓的第一樓了。

她迅速地從地面上爬起來。跪著，等待著白翼的命令。

白翼也一直沒有說話。只有很長很長的深呼吸的聲音輕輕地擴散在空氣裡。顯然，她也遇到了很大的困難。

因爲，以往任何的時候，她從來沒有過沉默這麼久的時候。而且，上一次白翼出現這種呼吸聲的時候，是在三年前，白翼的行蹤不知道爲什麼突然被光明大將軍掌握了，被困在城北的密林裡，那個時候，畫眉陪在白翼身邊，而光明的圍捕結界籠罩了密林的各個地方。最後，當白翼帶著畫眉逃出那個密林的包圍的時候，本來在一起的十七個咒術師，只剩下了畫眉一個。另外的十六個咒術師，爲了保全白翼，全部死在密林裡。

而現在，畫眉又一次聽到了這種帶著不安的，長長的呼吸聲。

「畫眉，」過了很久，白翼終於開了口，聲音從濃霧中傳來，像是連聲音也被濃霧浸濕了一般。「我給妳的任務，有了變化，因爲孔雀已經告訴了我沉月軒住進了一個叫作浮橋的年輕人。並且，根據孔雀捕捉到的他的咒術能量來看，我雖然不知道他究竟是不是我們所想的那個枯葉……但是，只會比枯葉更難對付，而不會輕鬆……」

「是。主人。」

「所以，妳的任務依然是輔助者，殺光客棧裡所有的人，可是，這次不是幫助孔雀，而是幫助……浮橋。」

「什麼？」

「妳要我說第二次麼？」

「屬下不敢。立刻就去執行。」

「嗯。很好。順便告訴妳，孔雀會離開沉月軒。剩下妳一個人。所以，我不希望有任何的差錯。另外，浮橋要妳去作的任何事情妳都必須照著去作。就像遵守我的命令一樣地去執行。明白麼？」

「……不明白。」畫眉知道，在白翼面前，誠實永遠最重要。因為任何事情，都不可能瞞過她。

「什麼地方不明白，妳可以問。」

「那麼這樣的話，豈不是千羽樓就不可能有人進入王宮，也無法拿到近護衛領的職位？那麼我們的計畫……」

「我們的計畫不會受到任何的影響，我們的最終目的是殺王。而至於是誰殺的，根本不重要。妳以爲浮橋那樣的大人物，而且又是極樂宮的人，他會眞的心甘情願地進宮去作近護衛領麼？」

「主人，還有一點，光明大將軍在捕捉咒術能量方面天下第一，他幾乎不用費力就可以知道浮橋來自極樂宮，他怎麼會選擇一個極樂宮的人進王宮殿，怎麼會允許他那麼接近王呢？」

「這點妳不用擔心。如果鷳鵡的任務執行得順利的話，五月初九，光明根本不可能出現在沉月軒裡。他只會叫他的部下去選擇人選。如果，整個沉月軒裡只有浮橋一個人來報名的話，那麼，光明的部下也就沒有選擇。」

「屬下明白了，」畫眉低下頭，「我會盡我所能，讓沉月軒只剩下浮橋一個人。」

當畫眉抬起頭的時候，窗外的陽光洶湧而進，周圍的濃霧瞬間散去。眼前是熟悉的房間熟悉的傢俱擺設。

清晨過去，已經是上午了。

光線明亮，將大地上的一切照得毫髮畢現。

可是，在如此清晰而明亮的世界中，有無數隱形而詭異的祕密，正一個一個地在卵中胎動著，隨時會孵化出焚燒一整片大陸王城的火焰來。

畫眉整了整衣服，打開門走出去。

五月初八。晴。光線很強。

所有的文武百官都肅立在大殿裡。

空氣凝固了一般地懸在半空。像是死亡一般的氣氛籠罩著整個王城。

帝王坐在王座上，手托著下巴，低著頭沒有說話。今天，他連他最愛的王妃傾城都沒有帶上大堂。

所有人都在等待著。等待著帝王發話。而帝王似乎也在等待著。

一隻飛鳥無聲地從大殿外斜斜地掠過。

光線強烈地從大殿的大門中洶湧進來。光線裡逆光地站著一個人。

大將軍光明。

王等的人到了。

王揮了揮手。於是站在大殿左邊的一個像是文官的人攤開手中的卷軸。念了起來。

「蠻人叛亂。派兵鎮壓失利。損失兵將共四千人。敵方損失，無。目前正在急速向王城方向推進。敵軍現在已經到達邊境的拓豐古城。」

大殿中的人開始騷動。

的確，這是誰都無法接受的一個事實。多少年以來，無論是什麼地方的人叛亂暴動，最後都會被輕易地鎮壓下去，就算不是很輕易，需要花費力氣，最終也是可以鎮壓的。所以，沒人可以想像這一次的暴亂，竟然可以折耗掉四千將士。而且，最不可思議的是，敵方損失為零。

「為什麼敵方損失是零？」光明問話了。

「因為我方將士無人生還，」那個官員恭敬地回答道，「而在戰爭結束後派去偵察的探子回報，戰場上全部是我軍的屍體，敵方未見一具屍首。」

大殿中的騷動更加明顯。

王有點按捺不住了。他低喝了一聲，喧嘩聲瞬間停止了。然後他對著光明說：大將軍，你看這怎麼辦？

光明低頭像是在思考著什麼，目光望著前方，卻像是沒有焦距一般，不知道正在看著何處。

半晌，他才慢慢地說了一句，「那麼，就讓屬下出征平定叛亂吧。屬下明天就帶兵出發。」

帝王喜形於色。甚至忍不住哈哈大笑起來。

因為所有人都知道。只要有光明帶領著部隊，就沒有任何無法平定的動亂。這在過去的時間裡，被反覆地印證著。

只是……

光明抬起頭，對王說，只是明天五月初九，定在沉月軒的近護衛領的選擇，如何處理？是推遲期限？還是……

王揮了揮手，掩飾不住剛剛聽到光明願意領兵出征而帶來的喜悅神色，說，那種小事，無所謂，本來我也不是非要一個這樣的近護衛領，要不是當初將軍你提出要求，我也不想這麼勞師動眾。況且，有光明你的保護，已經遠遠足夠了。明天，我派個宮裡優秀的咒術師去，選擇出最好的。將軍就不用煩心了。

光明看著王，一直沒有說話，過了很久，彎腰鞠了一躬，然後轉身走出了前殿。

風從門外朝著裡面吹進來，他的長袍飛揚開來，像是準備起飛的蒼鷺般伸展開了雙翅。

而明天這個時候，他就是穿著鮮花盔甲，戰無不勝的戰神，光明。

五月初八。正午。

沉月軒的廚房飄出一股一股誘人的香味。

珍珠桂圓燉極品北國宮燕。

深海鱒魚刺身。

七橋映月豆腐羹。

糖醋桂魚。

靈芝山雞煲。

一份一份的名貴菜色從廚房裡往外送著，很多的店小二穿梭在整個沉月軒裡。七個別院裡的人都有自己特別的菜單。住在墨竹院的那個叫藍磯鶇的南疆降頭師點的菜裡，竟然有一道是一盤還在蠕動的白花花的巨大肉蟲子，每條蟲子都有差不多三分之一尺長，兩根手指那麼粗，被淋在上面的肉醬汁黏在一起，亂七八糟地扭動著。所有的店小二都尖叫著躲避著這份菜，誰都不願意去送。最後老闆娘只好自己一把托起那個青花瓷盤，罵了句「都是一群飯桶，老娘的錢都是花在你們這些飯桶身上了」，然後自己托著盤子朝墨竹院走去。

飛鳥越來越多。

老闆娘心裡明白。這些密密麻麻穿梭的飛鳥。很多，並不完全是鳥類。而其中，白翼佈下的咒術師，她也知道絕對不會只有她和孔雀兩個人。

空氣很好。陽光格外燦爛地籠罩在沉月軒的七座別院上。

走過兩座精緻的木橋。走過一個開滿沉甸甸的花朵的花圃。繞過兩個池塘。繞過一座高大的巨石假山。

中途還遇見了遊手好閒的浮橋，他正嘻嘻哈哈地用手隔空抓著池塘裡的魚，那些魚像被無形的空氣捆綁住一般，唰地從水裡被扯上來，然後又啪地掉回水裡去。

畫眉忍不住揮了揮手，然後一層透明的紅光若隱若現地把池塘的水面覆蓋住了。她把池塘封印了起來。

「一個大男人，沒事作跑到這兒來欺負魚，你也不害臊。」

「啊，老闆娘大美人，是妳啊。」

畫眉也不想理他，丟下一句「不要再弄這裡的魚，弄死了你賠不起」，然後繼續送菜去了。

等到浮橋嘻嘻哈哈的聲音漸漸消失在身後，畫眉眼前出現了綠幽幽的竹林。光線在這裡似乎也被浸泡成了綠色，液體般地浮在空氣裡。

畫眉朝竹林深處走去，裡面，就是墨竹院。

「藍小姐，您要的菜送來了。」畫眉站在緊閉的大門口，等待著裡面的人的回答。

沒有聲音，房間裡是死一般的寂靜。

「藍小姐，您要的菜送來了。」畫眉又叫了一聲，然後悄悄地伸出手指，在自己的身上劃下了一個防禦結界。透明的光將她籠罩在一個很小的圓裡，周圍的風吹過來，甚至吹不動她薄紗般的裙擺。

她叫了第三聲「藍小姐」，然後伸出手推開了門。

還沒看清楚黑暗的屋內，就突然聽到一陣一陣急促的嗖嗖的風聲，畫眉直覺黑暗中有東西朝自己飛過來，卻不知道是什麼，她倒退著朝身後掠過去，身形動起來很快，幾乎和極樂宮中的人沒什麼區別。

等到飛過簷廊，背幾乎要碰到外面翠綠的竹林邊緣了，她才看清楚飛過來的東西是什麼。

是一群密密麻麻的像是硬殼甲蟲一樣的東西，卻是從來沒看到過的蟲類。奇怪的觸角，詭異的顏色。並且周身籠罩著幽幽的綠光。

「這是降頭師用的……蠱麼？」

她看著自己面前的防禦結界，透明的光壁上有幾隻蠱撞碎在上面，流下綠色的樹漿一樣的汁液。

畫眉收起防禦結界。走回到大門前。她才意識到自己還托著那道送菜的盤子。裡面的白花花的肉蟲子依然在黏稠的肉汁裡蠕動著。

然後她看到藍磯鶇躺在屋裡的地面上，身上和周圍的地上爬滿了成千上萬的各種各樣大大小小的蟲。

蜘蛛，金甲蟲，蜈蚣，還有很多從來沒有見過的有著金屬光澤堅硬外殼的蟲。

有些還沒有孵化成成蟲的蟲，就像是白色的肉蟲一樣，爬滿了藍磯鶇的臉和手等等露在外面的肌膚，並且這些蟲有的只有半截身子有的只有一個頭探在皮膚的外面，像是這些肉蟲子都是一直寄居在她的身體裡而現在突然鑽出來了一樣。

畫眉托著盤子的手突然一軟，胃裡一陣噁心朝上翻湧。盤子從手上滑下去，摔在了地上。

然後那些從盤子裡掉出來的蟲子像是聞到美味食物一般瘋狂的蠕動著朝已經死了的藍磯鶇爬過去。

畫眉轉身飛快地跑出去了。身後響起那種成千上萬的螞蟻一起蠶食動物的聲音。

跑到竹林邊上的時候，終於忍不住彎下腰吐了。

畫眉隱約地覺得有什麼事情正在發生。

並不僅僅只是簡單的藍磯鶇被人殺死了而已。儘管畫眉並不是太清楚南疆一帶的降頭師到底有多厲害。可是，她知道，最後能夠住進這七所別院的人，都不會是這麼簡單就會被人殺死的。

是浮橋麼？

還是另外的別院的人？

她顧不得想那麼多，急急地趕回廚房去。她希望還來得及……

畫眉走進廚房，所有的丫鬟和僕人都送菜去了，只剩下她和那個一直跟隨著她的店小二。

她說，藍磯鶇死了。

店小二討好地笑著，他說，那當然，老闆娘要人二更死，閻王都不能讓他活到三更。

畫眉的臉色發白，指甲因爲握拳太用力而嵌到肉裡，她說，藍磯鶇，不是我殺的。

店小二吃驚地張大了口，結巴地說，她……她不是吃了妳送去的菜而死的麼……難道……

畫眉說，我去的時候，她已經死了。

然後她深吸了一口氣，說，送菜的丫鬟出發了多久？

店小二說，剛剛才出門。

畫眉突然伸出手指，店小二還沒來得及聽清她念了句什麼咒語，空氣中突然出現了一團遊絲狀的白色煙霧，然後這團煙霧迅速地聚攏，突然「騰」的一聲幻化成了一隻黑色的血鴉，然後像利箭般地朝窗外射去。然後接連不斷的，空氣裡持續地發出「騰」「騰」的翅膀驟然展開的聲音，六隻血鴉先後地朝窗外射去。

尖銳的鳴叫聲消失在空曠的庭院中。

日光很強烈的從天空照射而下。

黑色的羽毛在光線下像是在庭院中交錯地劃出濃黑的墨線。

店小二額頭上開始冒汗。因爲他知道，所有前往另外六個別院送菜的丫鬟和僕人，就在剛剛的一瞬間，肯定全部都被這些黑色鬼魅般的血鴉，用利喙咬斷了喉嚨。

3 千羽

拓豐古城年久失修。

黃色的土牆是這個古城最顯著的標誌。

大風將黃沙從關外的大漠中吹來。洋洋灑灑地覆蓋在拓豐古城上。

這裡的居民都圍著厚厚的頭巾。只露出兩隻眼睛。

風沙太大。

皮膚暴露在外面一個時辰，就會被乾燥的黃沙吹得失去水分而龜裂出一道道的血口。

這裡最貴的不是黃金，不是白玉，不是美人或者夜光杯。

這裡最貴的，是最最常見的，水。

一壺水，可以賣到王城中一壺最好的美酒的價格。

水蒸氣濃厚的懸浮在空氣裡。

也分不清是汗水還是蒸氣凝結在皮膚上，變成大顆大顆的水滴滾下來。

巨大的木桶裡盛滿了熱水。比酒還貴的水。

在拓豐這樣水源稀少的地方，能夠如此舒服洗澡的人，除了光明，沒有第二個人。

他閉著眼睛，頭向後靠著木桶的邊緣。像是睡著了。頭髮上的水順著他英氣逼人的臉流淌下來。

濃黑的眉毛濕漉漉倒貼著突出的眉骨。眼睛深邃地陷落下去。

深邃的五官。硬朗的面容。像是有著西域血統的男子。

皮膚在浴室周圍的十盞明亮的油燈下泛出小麥色的光輝。健康而有力量的肌肉包裹著這具戰神般的軀體。

現在是五月初八的深夜。

光明並沒有等到第二天早上才出發。

如果五月初九的近護衛領不需要他出面選擇。那麼，多等一天就沒有任何意義。

何況，蠻人已經突破逼近到拓豐古城。光明不能容忍他們再進一步。

五月初八的早晨。他還在王城中。

五月初八的深夜。他已經在接近大漠的拓豐古城中，享受著這裡珍貴的熱水。

光明被輕微的腳步聲驚醒。慢慢睜開了眼睛。

一個獨眼的男人走到浴池前面。停下來。望著泡在水中的這個強壯的男子。

他叫獨眼。是附近七個城市中，專門販賣奴隸的人。

他說，我就是這裡的頭兒，我叫獨眼。聽說你找我，有什麼事快說……

還沒等他說完，他就硬生生地挨了一下響亮的耳光。可是，眼前池中的那個男人明明就沒有動，而且周圍也沒有人，那個耳光像是被一個透明人打的一樣。

光明半瞇著眼，轉過頭來望著他，說，你知道你在跟誰說話麼？

光明搭在浴池邊緣的手指又輕輕敲了下浴池邊緣。然後空氣中又是一聲響亮的耳光的聲音。

獨眼突然腳軟，立刻跪了下去。

光明重新閉上眼睛，低沉的聲音說，這還差不多。

獨眼頭上冒出大顆大顆的汗珠，他突然看到了掛在牆壁上鮮紅的盔甲。他似乎隱約知道自己面前的是什麼人了。

光明的聲音從水氣裡傳來，帶著嗡嗡的回聲，他說，你有幾個奴隸？

獨眼恭敬的回答，回大人，有一百三十二個。

光明說，我全要了。

獨眼咬了咬牙，像是鼓足了勇氣般地說，請問大人……什麼價格……

光明眼睛微微睜開來，伸手抹去了臉上的水，說，十文錢一個。

獨眼感覺背上像是長滿了尖銳的刺般難受，他說，將軍，這個價格，連死人也買不到啊，可否……

光明不耐煩地打斷他，聲音像是寒冰一樣冷，讓獨眼覺得這個熱氣騰騰的浴室裡像是下雪般的寒冷。光明說，我買的就是死人，跟我走的，一個都不會活。

獨眼剛剛想開口說什麼話，突然一個黑色的東西不知道從什麼地方飛過來，直接塞進了他口裡，他吐出口中的東西，一個錢袋掉在手上，還有嘴裡打落的兩顆牙齒，和吐出來的滿手的血。

光明說，一共一千三百三十文。數一數。

獨眼忍著痛，含著血模糊地說，謝謝將軍十文賞錢。

光明突然笑了，低低的笑聲從水霧中傳來，感覺也被浸得濕漉漉的。他對著獨眼伸出食指，搖了搖，說，那不是賞錢，加上你，正好一百三十三個貨。

獨眼退出了浴室。

光明繼續躺在熱水裡。

因爲離開了王城。所以他在王宮佈下的白光結界也因爲光明的遠離而失去作用。

光明隱約覺得自己預料到的事情很有可能會發生。可是，這也是一種很縹緲的虛幻的感覺。

何況他自己在王宮入口周圍設置的咒術迷宮，除了自己和宮內負責保護帝王的近護衛領知道外，別人根本就無法知道每個入口的能量流動，只有在特定的時辰，在特定的入口，才可以進入王宮，否則，只能迷失在咒術的空間裡，一直迷失。

就算是有千羽樓或者極樂宮的人進攻王城，那麼，在他們被困於迷宮內的時間裡，光明就能夠趕回去。他有這個自信。畢竟他所設下的迷宮，曾經是自己的父親傳承下來的，曾經將整個南海眾島嶼上的蟲師困於其中無法突圍。

想到這裡，他也就稍微安心一點的閉上了眼睛。

畫眉跪在臺階下面。等待著臺階上坐在王座上的白翼的命令。

可是，白翼一直沒有說話。畫眉也就一直等著。

過了很久，白翼才開了口，她問，妳是說，沉月軒裡的住在別院裡的人，除了浮橋外，其他的人都死了？

是。

這和我交給妳的任務是一樣的。只是……妳說妳並沒有動手？

的確不是屬下所爲。雖然我已經在每個人的飯菜裡下了您交給我的那種毒。可是，在這之前，所有的人都已經死了。

妳確定？

是。

在那麼短的時間內，所有別院裡的人都死了？

在午飯之前，我還在庭院裡見過其中七牧察、怒莽和流光。而當僕人開始送飯菜的時候，那些人已經全部都死了。我先是看到藍磯鶫死了。然後才察覺到每一個別院的人可能都遇到了危險。所以我停止了行動。

妳沒在浮橋的飯菜裡下毒吧？

屬下不敢。

那就好。妳繼續待在沉月軒。不要讓浮橋覺察出妳對他有敵意。而且……盡妳所能幫助他。明天就是王宮來人選的日子。現在只剩浮橋一個人了，沒有意外的話，就是他。妳要確保沒有這種意外。

是。

回去吧。

周圍的黑暗像煙霧般消失。光線旋轉著充滿周圍的空間。一瞬間又重新回到天光大亮的庭院。

畫眉擦了擦手裡的汗。閉上眼睛又看到剛剛的畫面。

在畫眉召喚來飛鳥迅速清理了那些送飯的僕人的屍體之後，她走向了每一間別院。不出所料，每一個人都死在房間裡面。

房間裡看不出任何激烈打鬥的痕跡。似乎被殺害的人，連還手的餘地都沒有。

當她從最後一間蟲師流光的滄海院退出來的時候，她已經不再抱有「也許會有人活著」的殘留的希望了。

每一個人都死得很慘烈。

如果他們真的都是被浮橋所殺，那麼，浮橋究竟是個多麼可怕的人呢。

想到這裡，畫眉覺得後背一陣一陣的發涼。

從千羽樓第一樓回來，她匆忙地穿過庭院，準備走到大廳去。

在經過一座小橋的時候，突然被一聲充滿磁性的「老闆娘」叫得停住了腳步。

抬起頭，不知道什麼時候，浮橋已經坐在了橋的欄杆上。嘴裡含著一根草莖。頭髮隨意地在頭上紮起來。嘴角邊是一個若隱若現的笑容。

「嘿，老闆娘，去哪兒啊？」

畫眉控制著自己的表情，笑臉如花地說，「你管我，你作你自己該作的事情去吧。」

「嘿嘿，我啊，」浮橋撓了撓頭髮，咧著嘴壞笑著說，「我要作的事情已經全部作完啦，別院裡的人死得一個都不剩。本來以為要費點力氣呢，可是，沒想到這麼容易。」

若無其事的口氣。親切的笑容。

可是，卻像是五雷轟頂般的響在畫眉耳邊上。

畫眉抬起頭望著浮橋，再也無法掩飾內心的緊張。她聲音顫抖著問，他們……都是你殺的？

浮橋跳下來，站在老闆娘面前，挺拔的身材，因為年輕而顯得格外矯健。他說，嗯。是我殺的。老闆娘不是正應該感謝我嗎？

為……什麼……

妳以為妳在飯菜裡下的毒可以輕易地殺死他們嗎？就算妳下的那些毒勉強可以蒙混過西

北的那些愚蠢遊牧巫師和那個遊散在中土的空有一身力氣卻沒有頭腦的蠻人，可是，對於南疆的降頭師藍磯鶫，還有星羅群島的蟲師流光，這兩個擅長用毒的高手來說，別說他們看都不看就能察覺出妳下的毒，我甚至可以說，他們兩個可以直接把妳的那些精心準備的飯菜統統吃掉，也不會掉一根頭髮。所以……妳不覺得妳應該感謝我嗎？我幫了妳這麼大的忙……

畫眉強壓著心中的恐懼，說，你別小看那些毒，不信你可以試試，那是……

浮橋「啊啊啊」地怪叫了兩聲，揮了揮手打斷她，他說，我不管那些毒到底有沒有用，反正……人是我幫妳殺的。對吧？說完露出個邪邪的笑容。

畫眉說不出話來，眼前的這個昨天還一臉痞子遊手好閒樣的男子，今天，卻讓人心生敬畏，甚至連在他面前站立的勇氣都沒有，內心一直有種聲音在說著「跪下去跪下去」，畫眉幾乎都要站立不穩了。

我……我沒有想要……殺你……

畫眉也不知道自己怎麼會說出這句話，像是求饒般地，喪失了尊嚴。

浮橋的臉突然變得格外生動，笑容像白色的明亮光線般綻放在臉上，周圍莫名地出現了溫柔的風。他的聲音突然變得縹緲而又遙遠，像是整個人都要消失融化到空氣裡去了。不知來處的白光籠罩著他，讓他在光線裡顯得像神一般的遙遠，他說，妳應該慶幸自己並沒有對我下毒，否則，妳以爲妳還能活著去見妳的主子白翼麼！

畫眉覺得後背已經被汗水濕透了。她抬起頭，望著眼前的這個英俊的年輕男子，她問，你……是枯葉吧？你眞的是……他麼？

他慢慢地俯下身，彎腰在癱坐在地上的畫眉耳邊輕輕地說，枯葉在我眼裡算個屁。

浮橋突然笑了，像是荒原上突然盛放的花朵。

畫眉抬起頭，看到他眼中那些柔軟的銀絲般的光芒，像是遊蕩在水中的銀色水草，一圈一圈地在他眼中蕩漾開透明的漣漪。

浮橋轉過身，慢慢地朝庭院那一面的飛鳥院走去。走了兩步，他停了下來。沒有轉過身，背對著畫眉說，我幫妳除去了那麼多的障礙，那麼，妳也應該幫我一個忙吧？

畫眉望著他的背影，不知道他在想什麼，只是咬著牙，點了點頭說，好。

因爲，她除了說好，沒有其他的辦法。並且，白翼也告訴過她，要盡所有的力量完成浮橋的任何要求。

雖然她並不知道白翼爲什麼要幫助極樂宮的人。

五月初八。深夜。

沉月軒已經像是一座墳墓般的寂靜。畫眉打開窗戶，只能看見庭院深處飛鳥院的燈火。

而其他的院落，就像是曾經居住在裡面的主人一般，陷入了死亡龐大的黑暗裡面。

頭頂依然有不知疲倦的飛鳥在濃厚的夜色裡穿梭。

大朵大朵的浮雲疾走而過。大風在屋頂刮出巨大的聲響。

畫眉不敢去想之後的任何的事情。

她只想五月初九，也就是明天，早點到來，然後，早點結束。

她只希望自己能儘快幫浮橋作完他要求的事情，然後完成白翼交給自己的這個任務。

而其他，她已經不想去想了。

誰都不能猜測這個世界會如何的變化。

高原變爲溝壑。深海變爲山脈。

億萬年的時間凝固爲歲月的刻刀，在地表上切割出不可改變的痕跡。

曾經平整的荒原被切割出無數塔狀的石林，中間溝壑交錯，光線錯落地照射著峽谷的深處。

一條狹長的峽谷。兩邊已經埋伏了光明的部隊。只有八百人而已。可是昨天探子回報，蠻人有兩萬。

只是，誰都沒有害怕，因爲他們知道，害怕的應該是蠻人，因爲帶領這八百人的，是天下戰無不勝的大將軍光明。

暗雲在天上急速地掠過。厚重的烏雲隔絕光線，只剩下一條一條的烏雲縫隙中像利劍般照射而下的光芒，八百將士的黃金盔甲輝映出一片耀目的金色光輝，而其中，最奪目的，是從光明身上反射出的朝陽一般的紅光。

大紅的鮮花盔甲，反射出神祕而充滿力量的紅光。在黑暗的周圍，顯出血液般神祕而詭異的光芒來。

大將軍光明身後，是一輛一輛的囚車。裡面關押著一百三十二個奴隸。

獨眼把囚門打開，甩著鞭子將裡面的奴隸驅趕出來。

驚慌的奴隸像是獸類一般地閃爍著驚恐的目光。他們互相擁擠在一起，像是天生具有的本能一般可以感知危險的來臨。

光明的嘴角輕輕地上揚。然後轉身策馬而去。

然後他的部隊迅速地跟隨著他，朝著谷林深處馳去。

獨眼站在原地，還沒有搞清怎麼回事。

直到光明的副將也力走到他的面前。

也力對他說，往西，你領著所有的奴隸一直往西。然後也力突然很神祕地低下頭，在獨眼的耳邊說了一句很輕很輕的話，然後獨眼的臉一瞬間變得像死人一樣慘白。

因爲也力說，大將軍有令——不許回頭。回頭者，殺無赦。

峽谷深處。

光線像是被狂風吹散般地消失在這裡。

耳邊只剩下怒吼的風聲。以及暗淡的光線中巨石的形狀。

一百多個奴隸爬行在峽谷的底部。鎖鏈互相撞擊出聲響，空曠地被風捲著朝峽谷外擴散開去，然後遙遠地傳遞回回聲。

光明站在峽谷的高處，俯視著峽谷深處的那些緩緩前進的奴隸們。

他的目光被其中一個奴隸吸引住了。他微微地皺起了眉毛。

那個奴隸突然停住了，像是雕塑般地停在原地，周圍的奴隸茫然地前行著，從他身邊麻木地爬過去。

獨眼看著這個突然停下來的奴隸，心裡掠過一絲無法形容的感覺。

他問他，你爲什麼停下來？

奴隸搖了搖頭。依然將目光盯著前方某個不知名的地方。

奴隸觸及地面的掌心微微傳來震動。像是幾米之下的土壤裡萌發出了幾粒種子般的，微小的動靜。如果不是很仔細，幾乎察覺不到。他的眼睛慢慢的亮起來，耳朵從貼著的頭兩側朝兩邊伸開來，然後，他慢慢的回過頭，用驚恐的眼神望著獨眼。

獨眼突然覺得心臟一陣收縮，他問：什麼？

那個奴隸張了張口，很不容易的說了一個字，聽。

顯然，作爲奴隸的他，是不太習慣說話的，大部分時間，他們都是像野獸一般地生活著。

獨眼心裡很慌，急躁而恐懼的情緒在心中驟然膨脹開來，於是他狠狠地把一鞭子抽在了那個奴隸身上。

可是，那個奴隸卻順勢伏在地上，把耳朵緊貼地面。

一隻紅色的甲蟲輕輕地落到光明大將軍的鮮花盔甲上。

才剛剛碰及到盔甲，就突然掉落到地上，死了。

他看著那個奴隸，眼睛像是被刺眼的光線照耀般地緊緊地瞇著。他突然動了動手指，迅速地作了個複雜的姿勢，然後，一道急速的白光突然朝那個奴隸射去，在觸碰到那個奴隸裸露的肌膚的瞬間，那道光芒像是突然化成了水銀般地緊緊裹住了奴隸的身體，然後又瞬間消失了。

所有的人都沒有覺察到。獨眼沒有。奴隸自己也沒有。

只有光明的副將也力看到了。

只是他不明白的是，爲什麼光明會在一個死不足惜的人身上浪費他的白光結界，要知道，這一直是用來保護帝王用的咒術。

而這個時候，也力突然聽到峽谷中傳來一聲撕心裂肺的吼叫，聲音在寂靜的峽谷中被山壁來回反射，被呼嘯的風聲捲帶著在一整片荒原上擴音，像是來自雲朵上空的雷霆的怒吼。

那一聲吼叫只有一個字，是：「逃！」

所有將士的瞳孔在那一瞬間驟然收縮。

誰都無法相信眼前看到的場景。

所有的士兵緊緊握著手中的武器，咬著牙看著眼前發生的一切。

像是人間地獄般的，飛濺著鮮血的場景。

而此時的光明，慢慢地在峽谷的最高處盤腿坐下來，膝蓋上不知道什麼時候出現了一把黑色的古琴。

像是峽谷深處的那些吶喊他全部都聽不到一樣，整個世界寂靜一片，眼前的血腥的殺戮場景，在他的眼中，像是消失了聲音的安靜的畫面。

他輕輕地撩撥了琴弦，用低沉而遼闊的聲音開始輕輕地唱起古戰曲。

「天下風雲入崑崙」，琴弦擴散出悠揚的曲調。

——無數咆哮著，像是發瘋一般的野牛從峽谷中衝出來，像是奔湧翻滾的洪水一般怒吼著席捲過狹窄的峽谷通道，翻騰的鐵蹄，尖銳的犄角，所有的奴隸眼前只來得及晃過這些零碎的畫面，然後就被尖銳巨大的疼痛剝奪了知覺。

「幾世人生幾世塵」，光明的聲音朝著長滿雲朵的天空飛去。

——鮮血迅速地蔓延過黃土，乾涸滾燙的大地幾乎在瞬間就將這些同樣滾燙的熱血吸收進去，紅色從峽谷的盡頭沿路擴散過來，漸次染紅了一整個峽谷。

「紅日銀月流星動」，光明的手指靈活地挑撥著琴弦。

——狂風帶來濃厚的血腥味道，所有的士兵幾乎忍不住彎下腰去嘔吐。甚至有奴隸被野牛撞碎的血肉碎塊被甩到峽谷兩旁站立的士兵臉上，他們依然一動不動。頭頂獵獵作響的海棠旗幟，是光明的象徵，同時，怒放的海棠，也象徵著殘酷而黑暗的，死亡。

「日晝光明滿乾坤」，光明的手指突然收緊，所有的琴弦在一瞬間全部繃斷。他閉上眼睛，對身邊的也力說，將那些企圖朝山坡上跑的奴隸們，全部射回到山谷中去。

然後他睜開眼，看到了那個奴隸，他正背著獨眼在野牛群裡狂奔。

只是光明顧不上那麼多了，他需要作的，是另外一件事情，於是他站了起來。

光明的目光在野牛群裡迅速地搜索著。他不相信那些愚蠢的蠻人可以控制如此眾多的野牛。

目光像是光線，滲透進每一個罅隙，然後，光明突然笑了，因爲他看到了一個微小的，站立在其中一隻奔走的野牛背上的紅色身影。

他突然雙手張開，像是飛鳥起飛前突然伸展開雙翅一樣，袖子中突然飛出兩道璀璨的光芒，朝著那個紅色的身影疾射而去，尖銳的破空聲刺穿峽谷，在空氣中拉出透明的裂縫。

等站立在野牛背上，念著咒語操控著野牛的鸜鵒看到那兩道流星般的光芒時，她已經來不及撐開防禦結界了。胸口被射過來的光芒撞出鈍重的痛感，口中一陣腥味，一張口就是一灘血。

鸜鵒從飛速奔跑的牛背上摔下來，在堅硬的沙礫地面上衝出很長的一道痕跡。

她抽搐了幾下，像是掙扎般地蜷縮著。鮮血從她的身體下面流淌出來，染紅了一整個地面。

野牛不斷地從她身邊衝過，有幾隻甚至直接從她身上踐踏而過。她想重新站起來，可是，也已經沒有力氣了。

在最後一隻野牛將鐵蹄踏向她的頭顱之前，她動了動手指，空中幻化出一隻黑色的鬼魅般的飛鳥，閃電一樣的朝天空上衝去，然後迅速地消失在厚厚的雲朵後面。

然後她的手無力地垂了下來。

成群的野牛從她小小的屍體上踐踏而過。

然後，野牛慢慢地停了下來，到最後，所有的野牛突然站住了，像是突然被人催眠一樣地楞在當場。

像是靜止的畫面。

光線稜角分明地照射進峽谷。

唯一的動態，卻是那個背著獨眼狂奔的奴隸。

甚至連光明都微微地動了容。

因爲，那個奴隸已經不是簡單地在奔跑，那種速度，光明只在當年平定極樂宮的時候，看過少數幾個動術師達到過。

他的雙眼和雙耳因爲奔跑的極速而越分越開，身邊飛快掠過的一切被準確而清晰的捕捉，兩眼分開到兩側，三百六十度內所有的物體都在視網膜上投下清晰的輪廓。

快速奔走的奴隸像旋風般地朝著野牛跑來的方向飛速地奔跑著，然後，像疾風一般席捲過深谷。

然後，奇蹟般的，所有的野牛像是看到首領般地跟隨在他的身後開始重新狂野地奔跑起來。

光明突然將手朝峽谷一指，說，現在！所有將士！進攻！

烽煙過後的戰場，永遠是最寂寞也最悲愴的地方。

那些將士們喝著烈酒唱起的戰歌，迴盪在狼煙遍地的戰場上，旗幟倒地，屍體橫陳。

篝火劈里啪啦地的炸響著，火光映紅了每一張戰士的臉。

每一個人都在大口喝酒大口吃肉。因爲沒有人知道。今天在勝利的唱著戰歌，而明天，自己的屍體將腐爛在哪裡。

這是士兵的悲哀，也是士兵的壯麗。

那個奴隸背著獨眼還在奔跑著。他似乎並不知道戰爭已經結束了。直到身後傳來悲愴而悠揚的笛聲，在黃昏裡送葬著一切。

光明的白馬奔馳過來，在他面前停住。

光明抬起馬鞭，指了指他，說，把他放下吧。

奴隸目光裡滿是膽怯，搖了搖頭，害怕地退了一步，可是還是很堅定的背著獨眼，他說，主人要我一直背著他。

他的話語僵硬而生澀，因爲他是奴隸，奴隸並不習慣說話。

光明看了看他，說，放他下來吧。他已經死了。

奴隸驚慌地將獨眼放下來，背上的獨眼已經被士兵的弓箭射成了一個刺蝟。昆侖眼中的悲傷凝結成淚水，閃爍著光芒。

光明騎在馬上，竟然微微有些心動。他馬上也覺得微微有些惱火。自己竟然會爲一個奴隸心動。

光明問他，你叫什麼名字？

奴隸說，奴隸叫昆侖。

光明，哪裡人？

崑崙，不知道。

光明，家在哪兒？

崑崙，沒有家。

光明，父母兄弟有嗎？

崑崙搖了搖頭，不再回答光明的問題，他慢慢地一根一根地拔下獨眼身上的箭，然後小心地脫下獨眼的鞋子，倒掉裡面的黃沙，然後再小心地幫獨眼穿回去。然後慢慢地撕下衣服，擦乾淨獨眼臉上的血。崑崙的眼淚滾燙地掉落在地面上，濺起一陣灰塵。

光明問，從什麼時候開始作奴隸的？

崑崙說，一直都是。

光明說，那從今天起，你就是我的奴隸。

崑崙搖了搖頭，他說，我的主人是獨眼。他一直都是我的主人。

崑崙還沒有說完，背上就突然挨了一記響亮的鞭子。皮肉被撕開了，鮮血飛濺開來。疼痛讓他咬緊了牙，像野獸般地發出了怒吼。

光明說，你知道爲什麼剛剛那麼多利箭都無法傷你分毫，而現在，我卻可以用鞭子把你抽得皮開肉綻麼？

崑崙抬起頭，眼中是困惑並且驚訝的眼神。

光明微微瞇起眼睛，輕蔑的說，如果不是我在你身上佈下的白光結界，你早就死在那些野牛和箭矢之下了。你的命都是我的，你理所當然的是我的奴隸。

然後光明策馬騎回了營地。

塵土飛揚起來，在昆侖的臉上蒙上了一層厚厚的塵埃。

夕陽從昆侖的身後混沌地沉了下去。

逆光，將一些清晰的事物化成黑色的暗面。

昆侖朝著笛聲吹來的方向奔去，因爲那裡有他新的主人。

他回過頭去看著越來越遠的那座自己剛剛用手掘出來的獨眼的墳墓，那裡埋葬著自己曾經的主人。

他依依不捨地望著，然後掉過頭飛快地朝軍營奔去。

千羽樓。一如往常的大霧。

臺階上的白翼等待著黑色的飛鳥傳回資訊。

包括臺階下等待著命令的更多的飛鳥，準確的說，應該是有著飛鳥名字的咒術師們。

鬼魅一般的，黑色飛鳥閃電般的飛回來了。在白翼的肩膀上停留了一會兒之後，就「騰」

的一聲，如同煙霧般消散在空氣裡。

白翼用手托著下巴，說，鸚鵡已經死了。

濃霧裡有人發出明顯的吸氣的聲音。

白翼聽到了，沒作太多的表情，只是她淡淡的說到，其實，在我叫鸚鵡出發的時候，我就知道她一定會死在拓豐古城無法回來。因爲，光明是個多麼厲害的角色，他不可能想不到是有「神語者」在操縱那些獸類。而天下最好的「神語者」就是千羽樓的鸚鵡。所以，他一定會想辦法對付鸚鵡的。面對光明，連我都會顧忌，何況鸚鵡……

臺階下有一個聲音說到，主人，那麼既然您早就知道了，那爲什麼還要派鸚鵡去送死呢？

白翼望著說話的那個人，輕輕的說到，我交給鸚鵡的任務是需要她引起蠻人暴亂，並且輔助蠻人所向無敵。蠻人用野牛陣曾經也打贏過王朝的軍隊，可是，憑他們那種愚蠢的控制野牛的方法，根本無法作到所向無敵。所以，我才會叫鸚鵡去，因爲她幾乎能控制所有的動物。所以，蠻人的軍隊才能那麼快的突破一道又一道防線，這樣才能驚動王城裡的王。不然……妳覺得光明會離開王城麼？

屬下明白了。

嗯，明白就好。白翼重新吸了口氣，然後說，剛剛沉月軒的飛鳥也帶回來了消息，浮橋順利成爲了帝王的近護衛領。

主人，那個浮橋到底是誰？眞的是枯葉麼？

白翼說，目前還不知道，因爲畫眉……因爲畫眉還沒有傳回消息。只是，他的力量不在枯葉之下。所以，只可能比枯葉厲害，你們要多加小心了。

白翼的聲音在說到畫眉的時候有一點點的異樣，可是沒有人聽得出來。

是。暗黃色的濃霧中，很多個聲音回答著。

白翼揮了揮手，說，其他的人都回去吧。蒼鷺留下。

主人，有什麼吩咐？

說話的蒼鷺就是剛剛那個一直在問話的人。聲音帶著一絲嘶啞。

白翼緩慢的聲音從濃霧裡飄過來，顯得格外的虛幻。她說，明天，王城裡就會有一場驚天動地的叛亂。所以，畢竟會有人通知光明回城勤王。而妳所要作的，就是儘量延遲光明回城的時間。明白麼？

屬下明白。蒼鷺回答道，只是，屬下不明白，爲什麼主人會知道王城中將會有一場叛亂呢？是主人發動的麼？

不是，是極樂宮。白翼看了看低著頭的蒼鷺，接著說，浮橋順利地進了王宮，這將是極樂宮的人最接近王的時候，平日王宮都由光明的白光結界守護著，而現在，難得的機會，光明遠在千里，無法施展白光結界，這是千載難逢的，滅王的機會。

主人，您是說這場叛亂會由浮橋發動？那既然機會這麼難得爲什麼不由我們行動呢？

這個到時候妳自然會知道，現在還不能告訴妳。我們所要作的，就是確保浮橋這次行動成功，在這之前，畫眉已經一直在幫助浮橋了，而現在，輪到妳了。無論如何，將光明回王城的時間拖延到最久。

是。屬下明白。

要盡妳的全力，哪怕……

哪怕是死。我也會盡力拖延光明回王城的時間。

嗯，很好，妳去吧。

四下突然回復寂靜。濃霧轉成漆黑的顏色。

白翼從座椅上站起來，傾國傾城的容貌在霧氣中顯得更加的嫵媚和溫柔。

她剛剛並沒有告訴她們，畫眉已經死了，在幫助浮橋作完最後一件事情之後，被浮橋瞬間殺死了。可是，畫眉沒有來得及用飛鳥傳送資訊給白翼。

錯失了這一個最最重要的資訊，白翼心裡微微的有些慌亂起來。這是從來沒有發生過的事情。

因爲任何時候，一切的事情都在她的掌握之中。而這次，例外了。

畫眉究竟想傳達給自己的，是什麼資訊呢？

浮橋究竟要畫眉作了什麼？並且必須要殺她滅口來保守這個祕密呢？

白翼神色凝重起來。

她揮了揮手，濃霧一瞬間散去。

周圍突然出現金碧輝煌的建築，高大的宮殿般的建築，華麗的散發著黃金般的光芒。

誰都不知道，千羽樓的第一樓，竟然是如此豪華而奢侈的地方。

她朝外面走了出去，光線將她的背影照射出剪影。然後，雕花木門在她身後自動關閉了。

拓豐古城。

所有的士兵都在打點著行裝，準備返回王城。

這是一場精彩而絕對勝利的戰役。

光明再一次的證明了他是戰無不勝的戰神化身。

浴池裡的水滿滿地從水池邊緣溢出來。流淌在青石板上。

光明趴在浴池邊上，他的副將也力幫他用軟毛巾搓著背。

也力小心地問了一句，將軍，不知道為什麼這次蠻人的野牛陣會如此地兇猛，以往最多十來隻野牛在前面作前鋒，從來沒見過有這麼多，幾乎要上千隻野牛了，蠻人是什麼時候馴養了這麼多野牛的呢？

光明繼續閉著眼，像是睡著了，不過卻開口說了話，他說，那是因為他們多了一個名字叫作鸚鵡的神語者。那天你看到在野牛陣裡被我流星錘射殺的那個紅衣服的女人，她就是鸚鵡。

也力把毛巾放在水裡蕩了蕩，繼續幫光明擦著背，他問，將軍，什麼叫神語者？

神語者是指能夠用咒術操縱動物的人，也就是能和動物說話的人，因為傳說中只有神才可以和大地所有的生靈交談，所以，也就把會這種咒術的人，稱為神語者。其實這幾乎不能算是一種咒術，幾乎可以稱它為一種天賦，如果沒有天賦的人，後天想要去學，會學得非常非常緩慢，並且不可能精通所有獸類的操控。所以，當今天下，神語者少之又少。而鸚鵡，是千羽樓中最好的神語者了。

怪不得，也力恍然大悟般地說，我還在想為什麼蠻人突然那麼厲害。可是將軍，為什麼千羽樓突然要幫助蠻人呢？要知道，這對她們也並沒有好處啊……

因為，如果是千羽樓的人出手的話，除了我，很難有人可以鎮壓她們。很明顯，千羽樓的人的目的就是把我調出王城罷了。

調出王城？將軍……您是說王城會出什麼事嗎？

光明突然翻過身，將身子重新泡入水中。他睜開眼睛，望著也力，半晌，他說，有時候，知道得太多也不好。不該你問的問題，最好還是不要知道爲妙。

也力手中的毛巾一抖，掉在池子裡濺起一陣水花，他嚇得突然跪到濕淋淋的地上，說，屬下知罪。

光明重新閉上眼睛，他揮了揮手，對也力說，你出去吧。

浴室外傳來一陣一陣戰士慶功的酒歌，兵器敲打出節奏，粗獷的歌聲迴盪在拓豐古城裡。

光明感受著肌膚上水的熱度。嘴角慢慢發出了一個神祕的微笑。

他低聲說，一切才剛剛開始呢。

4 昆侖

突然響起的號角。讓整個部隊像是一群被地震驚動的沉睡的螞蟻一般甦醒。

所有的人惶恐而急促的議論著。

光明瞇著眼睛。等待著吹響號角的人帶來王城的消息。

一匹灰色的馬從王城而來。塵土飛揚在他經過的道路上。

那匹馬在光明面前停住，馬背上的人幾乎是翻倒下來的，落地的時候也沒有站穩，直接摔倒在地上。報信的探子大口地喘著氣，而那匹灰馬已經倒在地上吐著白沫。光明看到馬的腳上綁著一個銅片，上面寫著一個「四」。這已經是換過的第四匹馬了。應該是連日連夜不間斷的趕過來了。

馬可以換，人卻不可以。所以，面前的這個人也應該是一路不吃不喝不眠趕過來的。

光明似乎已經預料到發生什麼事情。

所以他不急。

而且急也沒辦法。面前的這個人像是一口氣緩不過來隨時都會死的樣子。

過了差不多半盞茶的時間。這個人張開已經乾裂出很多口子的嘴巴，說，報告將軍，北公爵無歡……包圍王城。

光明慢慢的點了點頭，說，只是包圍麼？那就不用這麼急。他們沒那麼快突破得了我設在每個大門的咒術迷宮。

探子說，不！將軍！無歡的人已經……全部進了王宮了，所有的城門和高樓……都被他們佔領了。

光明臉色變了。

他坐直了身子，有點急促地問，王呢？

探子說，被困在宮裡。王派我來，請大將軍火速回城救駕。

光明沉默了一下，然後對身邊的副將也力說，下令大軍造飯。飯後出發，不得延誤。

然後回過頭，望著蹲在自己腳邊的昆侖，說，昆侖，你和我先走。

空氣裡浮著濃厚的水氣。世界潮濕一片。

汗水蒸發出來黏在皮膚上，讓人覺得透不過氣來。

就快要下雨了。

蒼鷺站在森林的深處。

樹冠被月光整個刺破，雲朵在月光下的投影在森林的地面上迅速的變換著形狀，像是一波一波的池水蕩漾在那些厚厚的，終年不見天日的苔蘚上。

蒼鷺在胸前劃了個十字，然後將手舉過頭頂，口中念動著咒語，「黑羽之靈！」

一瞬間，從她的手指中抽出一縷一縷的黑色的煙霧，像是漂浮在水中的黑色頭髮一般浮游在空氣裡，月光照在上面竟像是被完全吸收了一般，徹底而完全的黑色絲縷，在空氣裡遊蕩，聚攏，最後幻化成六個穿著斗篷長袍的長髮女子。她們分別站立在蒼鷺的前後左右。

她們安靜得像是午夜索魂的鬼魅。

斗篷套著頭，看不清楚她們的臉。只能看到她們從帽兜裡披散在胸前的長髮，一直垂到接近地面的長度。

蒼鷺將手放下來，手指豎起來靠近唇邊，嘴唇輕輕的動了動，然後她的腳下突然幻化出一個黑色透明的矩形空間來，一瞬間迅速擴張籠罩了一整個黑暗的森林。

蒼鷺緩慢地，像是千分之一的速度般緩慢作了一個奇怪的手勢，然後——

巨大的風暴從腳下破空而起，像是大地被震出裂縫，地底咆哮的颶風擠出裂縫朝著地面席捲而上，六個鬼魅般的黑影被吹得像要四分五裂，整個森林上空像是響起了梵樂一般宏亮的聲音，風越吹越大，而在那六個人的長袍被整個吹散像是濃霧消失在風裡的那一瞬間，她們六個的頭髮突然像是黑色的光線一般朝森林的各個方向迸射而去，無數的頭髮千絲萬縷地在巨大樹木之間的空間裡交錯分割，一瞬間，整個森林被這些無限延長的筆直的頭髮切割成無數大大小小的空間，然後，一聲突如其來的尖銳的聲響，之後，六個鬼魅般的黑影就消失在蒼鷺周圍。

聲音在瞬間遁形，光線驟然減弱，周圍安靜得可怕，而且被黑色的髮絲吸收掉光線之後的森林看起來像一個佈滿了未知恐懼的迷宮。

蒼鷺輕輕地恢復了站立的動作，擦掉了嘴角流出來的血。

然後那些黑色的頭髮消失在空氣裡。像是從來沒有出現過。

森林也一點一點的被光線重新侵蝕而進。樹木的枝幹和地面的苔蘚重新露出輪廓。

像是一切都沒有改變的樣子。

只有蒼鷺知道，這個森林，已經被自己變化成了咒術中最難的三個迷宮之一的，黑羽之陣。

蒼鷺輕輕地朝著最高的那棵樹的樹冠一躍，然後就消失在黑色的夜空中。

她現在只想等著光明的到來。

趁著光明還沒有到，她需要先休息一下。

黑羽之陣之所以強大，是因爲它是將施咒者的靈魂擴散開來佈置成的整個迷宮。施咒者的靈魂被分成六個「靈」，分別控制迷宮的六個方向，這個迷陣對施咒者的消耗非常的大，而且，一旦發動，只有迷宮中產生了死亡，迷宮才可以結束，否則，將一直持續下去。另外一種結束迷宮的方法，就是施咒者死。

這一類的咒術在所有的咒術中被稱爲「無逆之咒」，只有出現死亡，才可以停止咒術的施展。

所以，願意使用這種咒術的人並不是很多。

空氣中傳來不知來路的花香。

蒼鷺站在樹冠最濃密的樹葉之間，一身黑色隱藏在夜色裡完全看不見。

她的心跳不知道爲什麼加快了很多。

遠處傳來急促的馬蹄聲。

蒼鷺嘴角輕輕地微笑著，因爲她知道，光明馬上就進入這個已經變成黑羽之陣的森林了。

然而，在這個時候，她卻聽到了一陣幾乎無法察覺的腳步聲。

說是聽到，其實她並沒有聽到任何的聲音，僅僅只是動物的本能，她感覺到有另外的人進來了。

突然有幽遠而冰冷，並且帶著微微的回聲的聲音傳過來，是「靈」在對她說話，「施咒者，有未知能量闖入，請抉擇。」

蒼鷺頓了頓，說，「陣法開啓。」

「靈」的聲音說，「確認。朱雀、玄武、青龍、白虎、蒼穹、黃泉，六門開啓。咒術啓動，無法逆轉。」

這個時候，蒼鷺已經看到光明的那匹白馬的影子了，像是光線般的速度，朝森林奔馳過來。

另外一個「靈」說，「施咒者，有未知能量闖入，請抉擇。」

蒼鷺心裡亂成一片，她根本沒有預料到在這個時候會有什麼人會闖進來，她咬了咬牙，然後說，「玄武之門，開啓，青龍之門，逆位旋轉七度。蒼穹之門，隱匿。黃泉之門，洞開。」

「靈」的聲音，帶著死亡般的冷漠和空洞，「確認。玄武之門，開啓，青龍之門，逆位旋轉七度。蒼穹之門，隱匿。黃泉之門，洞開。」

空氣中微微地蕩漾出透明的漣漪，樹木像是液體般，不時地微微扭曲一下，像是隔著燃燒的熱浪般的空氣似的，微微地變形。

時間和空間都在隨著蒼鷺的每一個咒術命令而飛快地改變著。六個靈隱身在森林的空間中，決定著所有人的生死。

蒼鷺站在最高的地方，抬手在自己的眼睛上劃下了咒術，一瞬間，黑暗的森林在視網膜上如同白晝般清晰，她飛快的搜索著每一個地方，然後，終於看到了第一個闖進來的人。

她的心在一瞬間像是掉進極北之地的玄冰裡。

汗水大顆地掉了下來。

背後像是突然長出尖銳的針芒，幾乎要讓她從樹上墜落下來。

她認識闖進來的這個人，三年前她曾經差點死在這個人的手裡。

不，他已經不能算一個人……

可是，已經沒有任何辦法了。唯一停止的辦法有三個，光明死亡。第一個闖入者死亡。

還有，她自己死亡。

她深吸了一口氣，然後換了個手勢，「朱雀之門，封閉。玄武之門，封閉。」

兩個「靈」的聲音從昏黑的森林盡頭傳來，在空曠的樹木之間來回的遊蕩著，「確認。朱雀之門，封閉。玄武之門，封閉。」

天空中不知道什麼時候已經積滿了烏雲。

巨大的雷聲從天空上沉悶地滾過。

閃電不時地撕開森林的黑暗，一瞬間照亮所有的罅隙，然後一瞬間又重新歸於漆黑。

耀眼的亮光飛快的刺破瞳孔，然後又飛快消失，視網膜上留下暗紅色的幻覺殘影。

光明穿著大紅色的鮮花盔甲在林中縱馬飛馳。周圍的樹木從他身邊飛快地倒退成模糊的黑影。身後五尺的地方，緊緊地跟著奴隸昆侖。白馬以閃電般的速度奔跑著，而昆侖，一點都沒有落下。

蒼鷺看到光明就在腳下，嘴角輕輕地上揚，「朱雀之門，重現。」

「靈」的聲音近在耳邊。

「確認。朱雀之門，重現。」

閃電劈開墨水般的夜色，一棵奇形怪狀的千年古樹突然被閃電照出清晰的輪廓，戰馬在瞬間被驚嚇得高高地抬起前蹄，發出驚人的嘶鳴。

光明停下來，環顧著四周，然後用低沉的聲音說，有人在施咒，這個森林被人下咒了。

崑崙臉上露出惶恐的神色。他跪在馬前，不知道應該作什麼。

光明從馬上卸下一把劍，丟給他，說，你和我分頭走不同的方向，你只要找到出口，或者遇見什麼事情，就拔出這把龍吟刃，它會發出清越的劍鳴聲，以這個爲信號，我就會馬上趕過來，明白嗎？

崑崙點點頭，接過龍吟刃，朝黑暗的森林深處奔跑過去。

他沒有問光明，如果光明找到了出口，自己應該如何找光明，光明會不會丟下自己，一個人回去王城。可是他是奴隸，他不需要考慮這些。他需要考慮的，只有主人的安全。奴隸是沒有價值的。他們存在的唯一價值，就是保護主人的價值。

周圍恢復了安靜，雷聲漸漸小了一點。

蒼鷺突然覺得，傳說中的光明也僅僅只是如此而已。因爲此刻的他，就像一個對咒術一無所知的人一般踏進了死門，只要自己輕輕動一動手指，聞名天下的大將軍光明，從此就將不存在於這個世上了。

想到這裡，蒼鷺微微地鬆了口氣。

看來，黑羽之陣的結束，不需要自己的生命作爲祭祀品了。

而這個時候，她聽到頭頂「靈」的聲音，「施咒者，有未知能量闖入，請抉擇。」

在聽到「靈」的這一聲音的時候，蒼鷺幾乎要不相信自己的耳朵，所有的入口已經全部封閉了，怎麼可能有新的能量可以闖入？可是，她知道，「靈」不會錯。

她咬了咬牙，在空中劃出了七星之位，默念著，「蒼穹之門，開啓。黃泉之門，陰影擴散。」

「確認。蒼穹之門，開啓。黃泉之門，陰影擴散。」

蒼鷺暫時停止了動手，她安靜地屏住呼吸，靜觀其變。

一道閃電急促地劃過。光線突然亮起。

一條紅色的影子突然閃過。

然後雷聲大作，天空像是蒙上了一層牛皮，然後有鼓錘在天上拚命地砸出沉重的鼓點。

光明悄悄地下了馬，抽出一把刀拿在手上。

眼前是密林，繁盛的枝椏低低地從上面壓下來，太沉重的綠葉再加上凝滿了雨水，幾乎快要低到地面上去了。

紅影再次一閃。

光明身形展動，抽刀急追過去。

前面是一片芭蕉林。

光明的刀光筆直地朝前刺過去，沿路劃開黑暗，照亮了森林中朦朧昏黑的一切。最後刀光竟然映出一張絕美的臉。

那個紅影躲在一片巨大的芭蕉葉後面。

紅影還是沒有動。沒有表情的臉完美得像是神蹟。

光明輕輕地呼了一口氣，然後說，妳不用怕，我光明不殺無辜的人。

不過光明並沒有移走手中的刀，刀刃依然停留在距離她脖子一寸的地方。

紅影沒有動，只是嘴角輕輕地揚了起來，雖然並沒有張口，可是，卻可以聽到清晰而悠揚的聲音傳進耳膜，她輕輕的說，假話，那些奴隸不是被你下令亂箭射死的麼？

光明臉色變了，說，不要在我面前放肆，妳知道我是誰麼！說完凌空揮了一刀，芭蕉葉凌空落下。可是，後面竟空無一人。

光明急忙轉過身，然後看到了眼前站立的這個人。

一身輕盈的薄紗般的衣服，鮮紅色，在黑暗中顯得又莊嚴又邪惡。四周都是大大小小的雨水，可是，她身上竟然沒有一絲弄濕的地方。

她依然只是變了變嘴角，沒有張口，卻說了話，她說，不要在我面前放肆，你知道，我是誰麼？

她輕輕地抬了抬手，光明手中的刀就突然變成了流沙散落一地。

光明掩飾著內心的慌亂，問，妳是誰？

她說，我是滿神。

滿……神？妳是神麼？

可以這麼說。

妳找我作什麼？

為你指路。只要你願意，我可以讓你成為常勝將軍。

光明大笑，笑聲裡充滿了諷刺和嘲弄，他說，我從來沒有敗過，將來也不會敗，我又何必妳指路？

滿神輕輕地一聲歎息，說，是嗎，如果不是憑空跑出來一個奴隸，峽谷一戰，你會贏得那麼輕鬆？不過，大將軍到底還是贏了。只是，你不可能永遠這麼贏下去。最起碼……你不覺得你現在很需要我指路麼？你不覺得你已經在這個森林裡走了很長時間了麼？我們不如……打個賭吧……

她輕輕地揮了揮手，周圍的無數棵巨大的芭蕉樹上竟然無聲地開放出了純白的花朵，滿神摘了一朵，聞了聞，微笑地望著光明，笑容像是蕩漾在池水中一樣。

光明說，妳要賭什麼？

我賭你這次回王城救王的結果。

光明轉過身去，背著手說，妳輸了，只要我大將軍光明出現在王城，那麼北公爵無歡就不戰自潰了。

滿神笑了，我讓你看一件東西吧。

空中突然幻化出一幅小小的卷軸。無數尖銳的針一樣的白色毫光從裡面迸射出來。那幅小小的卷軸，帶著巨大的幾乎要震裂耳膜的聲響和能量緩慢的展開了。

狂風怒吼。

戰爭中的吶喊和悲哀的嚎叫，被火光捲起衝上雲霄。

戰旗翻滾獵獵作響。濃煙像巨龍般將王城吞噬。

卷軸中，王站在金頂上，王的對面是無歡，他對著王拔出了劍，王楞住了。遠處的馬蹄聲由遠及近，王回過頭去，臉上露出了欣慰的表情。

來的人正是穿著鮮花盔甲的大將軍光明。

而正在王露出欣慰的笑容的時候，他的胸口突然被疾射而來的一柄劍插中胸口，劍發出清越的龍吟，正是大將軍光明的專用之劍龍吟刃。那個投劍的人，正是穿著鮮花盔甲的大將軍光明。

光明看到這裡，突然笑了。

滿神說，我知道你不信。可是，這是不可改變的事實。儘管……我曾經一度認爲它是可以改變的……

光明沒有注意到剛剛滿神的神色突然有了微微的變化，他繼續哈哈大笑著，他說，好，我和妳賭。

滿神朝身後一指，說，去王城的路在那邊，快去吧。

光明疑惑地看著她指的方向，說，那不是我來的路麼……

滿神輕蔑地笑了笑，說，你剛剛如果再往前走一點點，現在已經是個死了的大將軍了。

然後突然風雨大作，雷聲像是落在頭頂處炸開。滿神消失了。

他看到站在芭蕉樹後的昆侖的身影。

他鬆了口氣，走過去，說，跟我來，我找到出去的……

他的話被一道閃電般的刀光打斷，刀光背後，一個黑色的穿著夜行袍的人像鬼魅般地飛掠過來。

光明瞬間抬起手，念動咒術，「白光結界！」

一道刺眼的白光突然從光明指間擴散開來，帶著嗡嗡的尖銳的聲音將光明環繞起來，光明整個人像是籠罩在一個白色透明的巨蛋裡一般。

光明嘴角咧開了笑容。

因爲他知道，他現在安全了。

黑袍之人突然低低地笑了一聲，然後把手放在唇邊，「日晷逆照！動！」

時光倒轉地回溯。白光重新聚攏回指尖。周圍的光線又突然重歸黑暗。

那道刀光重新逼過來的時候，光明知道這次貞的躲避不過了。可是，這遠遠不是光明內心的驚駭，因爲他知道這個動術，「日晷逆照」。

而下一個瞬間，冰涼的刀鋒貼到了他脖子的肌膚上。

而這個時候，突然斜裡衝出一個矯健的身影，他的速度甚至將刺客的刀鋒帶向一邊，昆侖的衣服被無形的刀力絞得粉碎，而那一瞬間，在昆侖從刀鋒的邊緣抱住光明時，刀刃在光明結實的後背上劃開長長的口子，鮮血像熔岩般怒吼著噴向黑暗的森林。

刺客突然楞住。

他不能相信有人可以從他的速度下救出光明。他突然筆直地站起身子，然後突然，從樹冠上倒捲下無數股巨大的氣流，一瞬間，昆侖的眼睛幾乎都要睜不開了，他勉強地在風沙中睜眼看著，竟然看到了，整個巨大的森林內，竟然飛速幻覺般的竄動著成千上萬個黑衣刺客。

空氣被這些無數的人影帶動得搖晃起來。

飛沙走石。肌膚被銳利的氣流切割開無數道口子。

他揉了揉眼，不敢相信眼前的這一切。

光明倒在地上，痛苦地呻吟著對他說，昆侖，這是……動術！不是幻覺，每一個影子都是眞實的他！你隨便跟定一個，然後……跟隨上他的速度就行了，你可以的……你天生就有比他們強的速度……

昆侖不知所措的搖著頭，然後又點點頭。

突然，其中一個影子的刀光瞬間朝昆侖逼近，光明大吼一聲，快動啊！

昆侖被嚇得朝著樹冠上飛掠而去。

身後緊緊跟隨著那個黑色的影子。

光明看著眼前的一切，竟然被嚇傻了，因爲他看到，昆侖的速度竟然快到讓他看不清楚，飛速上掠下降的身影動化成拉長的模糊的灰色光芒，身後緊跟著一道濃黑色的光芒，兩顆流星般的在整個巨大的森林空間裡穿行。

高聳入雲的千年古木的樹冠上，蒼鷺已經嚇得呆掉了。

她分不清楚，自己是否應該出手。

因爲她腳下的空間裡，是成千上萬的，像密密麻麻的蝌蚪般遊走的灰色和黑色的光芒。

她知道，那是昆侖和黑衣刺客的影子。

突然，黑色的影子停止了追逐，然後，在一瞬間，突然從高空筆直地刺下來，像是隕石墜落地面一般的朝地面疾射而去，因爲，他突然想起，自己要殺的並不是這個奴隸，而是現在躺在地上，奄奄一息的光明。

昆侖在樹冠上也突然倒射而下，比黑影更快，在那一瞬間他竟然踢落了黑衣人的刀，當刀飛出時，他已經縱身而起了，伸出手去，想把刀拿在手上。

可是，在指尖已經摸到刀柄的木質觸感時，卻白光一閃，被黑衣刺客奪了過去。

一切像是突然靜止了一般。

怒吼席捲的狂風突然消失了蹤影。四周安靜得可怕。

有幾片樹葉從樹上凋落下來。輕輕地掉在腳邊。

月光從樹冠重新照破黑暗。

雲朵飛快地在背後的天空上翻滾著湮沒天空。

蒼鷺聽到自己內心傳來的劇烈的心跳。

她無法相信剛剛她看到的兩個人的動術，那種速度，只有鬼魅才會有。而最讓她震撼的，是擁有這種速度的人，竟然是個奴隸。

黑衣人的刀鋒架在昆侖的喉嚨上。他說，你是極樂宮的動術師？

昆侖搖頭，刀鋒在喉嚨上劃過寒冷的觸覺。

黑衣人突然深吸一口氣，他的聲音聽起來激動而又嘶啞，他說，你是……你是雪國人?!

昆侖聽不懂他在說什麼，只是不敢再搖頭，因爲刀鋒已經緊緊地嵌進肉裡了。

黑衣人的聲音發出令人不可思議的顫抖，像是哭了，他說，……你是!我不殺你!

昆侖在一瞬間覺得壓迫著喉嚨的鋒利的寒冷消失了，抬起頭，眼前只有躺在地上的光明，血從他的後背流出來，染紅了一大片綠幽幽的苔蘚。

昆侖脫下被刀鋒絞碎的衣服，按住光明後背的那道長長的刀口，鮮血立刻染紅了衣服。光明受的傷太重了。

昆侖沉默著，不善於說話。可是，他眼中閃動的悲傷還是讓光明心裡微微的觸動。

光明喘息著，對昆侖說，你救了我的命……你是個好奴隸，現在，你馬上回王城……去救王……

昆侖點點頭，哽咽著說，好。

光明拉住他，說，你穿著我的盔甲去……否則他們不會要你進城的。你穿著我的盔甲……沒人敢阻止你。

然後，一口濃血從光明口中吐出來，他繼續說，王城四個大門都被我設下了迷宮，你從東門進，遇見東門升起的煙霧時……割開手腕，將血灑進濃霧中去……然後濃霧會消失，可是別進去，退回來，重新從北門進入，此時北門前面是懸崖的幻覺……你不要怕，直接走進去……

昆侖點點頭，他將光明的傷口紮得更緊些，雖然不能阻止血液的流失，但起碼，可以讓血流得慢些。

走了幾步，昆侖回過頭來，他問，誰是王。

光明說，手上沒有武器的……是王。

光明剛剛說完這句話，頭頂濃密的樹冠裡突然竄出幾隻黑色的飛鳥，朝著天宇飛去，迅速地消失在了夜色中。

蒼鷺等的就是這個時候。

光明只剩下自己了。

只是她還沒決定到底要不要放這個奴隸走。因爲白翼交給她的任務是儘量拖延光明回城救王的時間，所以，她只需要殺死光明就行了，可是，這個奴隸依然是回城救王，不知道該不該阻止。

這個時候，「靈」的聲音從森林兩邊遙遠的盡頭傳來——

「施咒者，有能量欲從玄武之門離開，請抉擇。」

「施咒者，有能量欲從青龍之門離開，請抉擇。」

蒼鷺知道一個是那個黑衣人，一個是那個奴隸。

她一刻都不想再面對那個可怕的黑衣人了，所以她立刻說，「玄武之門，洞開。」

「靈」的聲音像夢魘般地重複著她的話，「確認。玄武之門，洞開。」

黑衣人的能量迅速地消失在黑羽之陣裡。

然後是那個飛快奔跑著的奴隸昆侖。

蒼鷺咬了咬牙，想了想，然後說，「青龍之門，洞開。」

遠處的密林裡傳回縹緲的聲音，「確認。青龍之門，洞開。」

蒼鷺從樹冠上下來。

前面的地上躺著光明。

她想，黑羽之陣可以結束了。

她緩慢地朝著一動不動的光明走過去。

可是，她卻大錯特錯了。

王宮裡始終飄浮著一股濃郁而溫暖的檀香。

傾城不喜歡這種味道。所以，整個偌大的宮殿裡面，只有傾城的寢宮不佈置任何香爐。

因爲，傾城生下來，身上就是帶著一股花香的。

而現在，這股花香的味道更濃。因爲她剛剛沐浴完。

穿著繡滿鳳凰的綢緞般光滑的長袍，側臥在寬大的軟床上。眼睛半閉著，嘴唇微微張開。

在她身後爲她搖扇的兩個太監極力地控制著自己的呼吸。

就算是像他們這樣，已經不能稱爲男人的男人，看到傾城，依然無法控制內心的那種像是被魔咒控制了般的欲望。

那種像是海嘯般湮沒一切的欲望。

她是全天下最美的女人。

傾國傾城的笑容，在她的身上，不僅僅只是比喻而已。

曾經南疆的巫王，聽聞傾城的美貌，甚至願意無條件的臣服於帝王。只要能讓他看一眼傾城的容顏。

帝王同意了。

之後巫王一言不發的回到了南疆。

回傳的探子說巫王自廢了雙目。因爲他說曾經看過了傾城的容貌，天下的女人都是糟粕。

並且十年內沒有任何侵犯王朝的舉動。而且連年進貢不斷。

巫王說，因爲知道了那樣美貌的一個女子住在王城中，無論如何，也下不了決心去侵犯她住的這個國家，甚至願意不惜代價，將任何珍寶進貢給天朝，因爲希望傾城，能享受到這些最奢華的物質。

傾城是王朝最傳奇的神話。

沒有她拿不到的東西，沒有她控制不了的男人，沒有她穿不了的衣服，沒有她吃不到的美食。

天下被男人主宰著。而她主宰著天下的男人。

咒語一般的。存在著。

刺穿了所有男人的靈魂。囚禁著所有骯髒的，純潔的，神聖的，污穢的，欲望。

只是這個女神般的王妃，現在也微微的皺起了眉頭。

因爲寢宮外的呼喊，越來越大，漸漸地，喧囂著覆蓋了一整個天空。

一陣急促的腳步聲慢慢朝傾城靠近。

傾城睜開眼，看到面前呼吸急促的小宮女，她問，怎麼了？

宮女結巴著回答，近護衛領……說一定要……要見王妃，說是奉了王的命令。

傾城望著她，說，王怎麼可能讓一個男人來見我。

宮女說，奴才不知道。

而這個時候，傾城抬起頭，突然看到了站在自己面前的一身白衣的浮橋，這個昨天剛剛進宮的近護衛領。

傾城望著面前的這個人，年輕挺拔的身子，戴著面具，看不出他臉上的表情。

可是他的姿勢就像是一把出鞘的劍一樣，冷靜，銳利，沉穩。

他的一身白衣在四周高高懸掛的無數盞明亮的宮燈下發出柔和的白光。一身白色長袍輕輕地動著，傾城並沒有感覺到哪裡有風，那些風，就像是從他身上擴散出來，圍繞著他旋轉一樣。

傾城望著他，沒有說話，饒有興趣的盯著他看。像是要看透他的面具般的，目光閃亮。

而浮橋，也一動不動的盯著傾城。

他並沒有像其他男人看到傾城就開始呼吸急促臉色發紅。他還是冷靜得像一把劍一樣。

傾城看了他幾乎有一盞茶的時間，說，很好，你很夠膽。

浮橋輕輕地回話，他說，謝謝王妃誇獎。聲音低低地，充滿了磁性，像是帶著回聲一般在耳邊縈繞著。

傾城突然覺得這個聲音在哪兒聽到過。可是無論如何也無法回想起。

而這時，浮橋微微彎下腰，他說，王派我來接王妃去他那裡。請王妃跟我來。

傾城發出銀鈴般的笑聲，抬起手輕輕捂住口笑了，她說，你撒謊的時候一點都不慌張呢。

浮橋恭敬地回答，回王妃，臣並沒有說謊。王真的在等您。

傾城突然收起了笑容，她說，夠了。

傾城剛剛掩著櫻桃小口的那隻手，突然用快得看不見的速度變換了手勢，然後一瞬間，一個白色的巨大的矩陣空間將寢宮籠罩在裡面。

傾城手勢一變，「禁神蠶絲！破！」

空氣中突然遊走過來無數透明的銀色亮絲，非常細得幾乎像是頭髮絲一樣的銀絲飛快的將浮橋纏繞在一起，浮橋突然發現手腳軀體全部不能動，自己竟然像一個巨大的蠶在作繭自縛一樣。而且，那些銀色的亮絲還刺破皮膚滲進血液裡，發出尖銳的痛。

傾城重新換了個舒服的姿勢，看著眼前被銀絲纏繞著無法動彈的浮橋。面前的浮橋完全的被銀絲包裹成了一個巨大的繭，艱難而痛苦地蠕動著。

傾城發出了滿意的笑容，這個笑容綻放在她完美的臉上，像是所有的春天在一瞬間全部復甦了。

可是，這個笑容在下一瞬間，就凝固著僵死在傾城的臉上。

因爲她突然感覺到自己的脖子的地方，有人在朝她呼吸，灼熱的氣息噴薄到她的脖子上，發出酥麻的感覺，然後，她聽到浮橋的聲音貼著耳邊傳來，他說，王妃也是個蟲師啊。

傾城看了看眼前那個明明還在掙扎的巨大的白色蠶繭，然後定了定神，問，你到底是誰？爲什麼會極樂宮的動術？

浮橋將臉轉到傾城面前，那張沒有表情的白色的面具，像是一個魂魄，而這個面具背後，傾城隱約看到了一雙比星辰還要璀璨的眼睛。

周圍發出莫名其妙的白光，越來越亮，將傾城和浮橋籠罩在裡面，幾乎要讓人無法看清楚三尺外的東西。

傾城呼吸有點急促。除了王，她很少被男人這麼靠近過。

浮橋輕輕的笑了，他說，沒想到王妃這麼快就不認識我了。眞傷心呢。

然後，浮橋輕輕的，緩慢地摘下了面具。

那張英俊而帶著邪氣的臉，那張帶著痞子般頑劣少年般神色的臉，那張充滿年輕男子飛揚的氣息的臉，一寸一寸的，一點一點的，在傾城面前展現開來。

白光帶動著狂風，將軟榻周圍的巨大的布幔吹得向四周飛揚四散。

傾城看著站立在面前的這個人，看著那張她熟悉的臉，發出一聲慘叫。

她剛剛抬起來的手，被一陣不知來路的刺痛弄得失去了知覺，然後，眼前一陣失明般的白光閃過。

她失去了知覺。

只是在她昏過去之前，她喊出了面前這個人的名字。

無歡。

5 渙夜

浮橋抱著暈過去的王妃，慢慢走出了寢宮。

或者，現在已經不能再叫他浮橋了。因爲現在誰都可以認得出來，他是那個，唯一不用戴著面具出入王宮的人，北公爵無歡。

他緩慢的行走在簷廊裡，右手邊是緊挨著的一扇一扇雕花的大門。左手邊是空曠的宮殿圍繞出的巨大的廣場，廣場上到處都是雪白的玉獅子，和漢白玉的石橋。高處是碧藍的天，白色的流雲被風吹得飛快的變幻著形狀。

懷中的傾城安詳的沉睡著。

想是所有古老傳說中，那些沉睡著的，顚倒衆生的女神。

就連無歡都不得不承認，傾城有著太完美的容貌，以及與生俱來的高貴如同神般的氣質。

無歡正盯著傾城的面容出神，突然間，敏感的覺察到天空中突然異常的能量流動。有咒術。

無歡閉上眼睛，皺了皺眉，然後突然就從身上擴大出了一個防護的透明結界。

在結界出現的下一個瞬間，天空中突然俯衝下兩道純黑色的光芒，用黑色來形容光芒，本來就很荒唐，可是，無歡眼前的景象，的確只有用這樣的詞語才能形容，像是黑色流星般的，帶著擴散的光暈，朝著他俯衝下來，然後轟然一聲撞在他撐開的結界上。

一瞬間，像是煙霧一般的，擴散開來，如同墨水滴入水中，擴散爲無數的漸漸淡化的遊絲，然後，兩張符咒紙輕輕的飄落到他的腳邊。

他微微抬了抬眉毛，那兩張紙就像被空氣托著一般升到了他的面前，自動展開，紙上有字，傳遞著資訊，可是，無歡反覆看了很多遍，依然沒有看懂。

是一句很簡單的話。可是，卻無法明白是什麼意思。

而且，也無從知道，送信的人是誰。

雖然隱約可以猜到，習慣用這種咒術的黑鴉傳遞資訊的全天下只有千羽樓，並且，符咒最下面，畫了一隻純白色的鳳凰，這的確是千羽樓的標記，可是，這不是太荒唐了麼。

他不願意多想了，因爲，一切在今天就會結束了。

他抬眼望了望廣場空地對面最高的那個金色屋頂，金色琉璃瓦，金色的飛簷，金色的陽光照耀在上面反射出一片耀眼的金光，白雲在巨大的金頂背後的天空上急速地飛過，而金殿下面，散落了一地白色的，透明的碎片。

那是光明佈下的白光結界，可是，因爲光明現在遠在拓豐古城，所以，本來滴水不漏的保護結界，現在像是蛋殼般一敲就碎。

沒有人可以把咒術控制在千里之外，連最擅長製造迷宮和結界的光明都不能。

所以，他今天可以站在這裡。

並且，即將站上王城最高的金頂，而且，他知道，金頂上，還有個人在等他。

王如同一個落難的沒落的貴族般，被逼到了金頂之上。

四周是萬丈絕壁，從金頂上摔下去就是死。所以，王無路可逃。

王並沒有看清楚無歡是如何上到金頂的，等感覺到面前突然多了一團柔和的白色光線時，無歡已經笑咪咪地站在了他的面前。

一身像雪一般純白的長袍在風裡翻動著，發出獵獵的聲音，他的頭髮像是墨一般漆黑，飛揚在風裡，點綴在白光中。挺拔的身材，英俊的面容，男子最好的年華，王突然有點嫉妒他，嫉妒這個將天下所有男人的優點集於一身的男人。

可惜……王突然笑了，可惜他沒有得到天下最好的女人，王想到這一點，不由得哈哈大笑，可是，他剛剛笑了兩聲，笑容就僵死在臉上，因爲，他突然看到，無歡的懷抱中突然多了一個沉睡著的女人。傾城。

王一聲怒吼朝無歡衝過去，無歡看都沒看他，直接把傾城朝他拋過去，然後轉過身，朝著一座不知道什麼時候出現在金頂之上的冰雕的烏龜走去，他緩慢地在龜背上坐下來，然後回過頭來，看著面前的帝王，和他最愛的傾城。

年輕的無歡周圍圍繞著九十九個穿著純白色長袍的動術師，極樂宮中的精英。他們錯落有致的站在無歡的周圍，每個人身上都籠罩著一層淡淡的白色的光芒。

所有人都驚呆了，雖然每個人以前都知道極樂宮的人都是穿著白色長袍的，可是，誰都沒想到，那種白色，竟然可以白到如此純粹的地步，像是天上突然降落的無數的眾神，凌駕在巨大奢華的金頂之上。

所有光芒的中心，是年輕的無歡，他臉上露出又天眞又邪惡的微笑。

傾城醒過來，看到自己面前竟然是王，然後她朝周圍看了看，一下子沒有明白自己究竟在哪兒。

直到她回過頭去看到自己背後高大的冰龜背上的無歡，她才突然驚恐地張大了嘴。

王突然握住她的手，說，好愛妃，妳不也是咒術師嗎！快點，快點把他殺了！

王妃回過頭去，覺得剛剛他說的那句話實在有點可笑，她說，陛下，你難道認爲，無論是誰，只要他是一個咒術師，就可以殺死天下第一的動術高手無歡麼，那你也太小看無歡了吧？

王突然說不出話來，緊閉的嘴唇哆嗦著，像是被寒冷凍得發抖。

然後，他突然一把摔開傾城，傾城跌坐在琉璃瓦上。

王大聲地朝著無歡吼，他說，無歡，你這個笨蛋，爲了一個女人，你犯得上興師動眾，用幾萬大軍並且帶了如此多動術師包圍王城嗎？你一個人來就行了啊，你以爲，我爲了王位會不把一個女人交給你嗎？你太小看我了！

傾城慢慢的站起來，她裹緊長袍，一言不發的站在王的旁邊。她低著頭，誰都看不到她臉上的表情。

無歡沉默了一會。然後說，……對啊，王說得眞對，我太糊塗了，王眞聰明，我竟然以爲你會誓死捍衛這個女人，我竟然以爲你會爲了王妃連王位都不要了呢……

無歡一邊慢慢的說著這些話，一邊面無表情的望著傾城，傾城低著頭，像是完全沒有聽到的樣子。無歡的這些話，並不是說給王聽的，而是，說給傾城聽的。

無歡突然臉色一變，一反手在空氣裡劃了道弧線，然後，一聲清脆的耳光就抽在離他十幾米遠外的王的臉上，無歡盯著王，說，少跟我來這套，沒有幾萬大軍，沒有我的九十九個動術師，我的腦袋現在就在城門上掛著呢！

王硬生生挨了一耳光，氣得渾身發抖。可是，卻不敢說什麼，陛下囚永遠都不敢說什麼。

他強作鎮定地說，無歡，你別忘了，光明正在回城勤王的路上。

無歡的笑容更明媚了，像是綻放的白色蓮花般盛開在金頂之上，他說，我要是知道光明會來，我還能坐在這裡和你這個老傢伙鬥嘴嗎？我甚至連親手殺死光明的願望都放棄了呢……你放心吧，從來沒有人在鬼狼的手下保留住性命過，何況……

無歡突然不再出聲，只是若有所思的笑著，因爲他想到了，何況千羽樓的人又怎麼會放著如此好的機會而不管呢。

在極樂宮和千羽樓兩大咒術組織的追殺下，即使是光明……也很難活命吧。

王哆嗦著，抓著王妃傾城的衣角求救。

傾城低著頭，像是下了個決心似的，朝金頂邊緣走了幾步。她輕輕地抬起頭，風情萬種的笑了。

那一瞬間，像是所有的聲音都像是被巨大的海綿吸收了一般，整個世界空曠無聲，只剩下王妃絕世的容顏，在陽光下散發出神蹟般的震撼力。

她面對著刀槍林立的極北大軍，面對著無歡以及他周圍的九十九個穿著純白色長袍的動術師，她輕輕的問，你們有誰，想要看看我的長袍下面穿著什麼嗎？

風變得很大。呼嘯著在空曠而安靜的天地間激盪起弦音。

傾城的聲音顯得縹緲而無常，充滿了罪惡而純潔的蠱惑力。

那些在黑暗中沉睡的，隱藏的欲望，在傾城柔軟而纏綿的聲音漸次復甦了。

欲望幻化成實體的手，從熔岩中伸出來，朝天空抓攫著，像是一副罪惡的地獄一般的景象。卻帶著純潔而美好的光亮。

王城內一片寂靜，所有的男人目光呆滯的看著傾城。

她的聲音再一次的傳來，她說，如果想看，那就放下手中的武器。

無數金屬撞擊地面的聲音，叮叮噹噹地迴盪在空曠的王城中。所有的兵器都被那些士兵們丟棄到了地面。

王目瞪口呆的看著傾城緩慢的脫下了斗篷，露出輕薄的春色盎然的羅衫。

空氣中可以清晰地聽見男人們低沉急促的呼吸聲。熱量從全身匯聚，朝著小腹下游走。

然後在丹田處匯集成像要噴發的火山。

傾城的長袍輕盈得像是飛鳥一般，嗖地從金頂上飛下來，所有的軍隊一瞬間潰不成軍。無數隻手伸向飄落下來的長袍，吶喊聲爭奪聲此起彼伏。

風將這些欲望席捲著，吹向透明的蒼穹。

無歡看著這一切，笑了，他伸出大拇指，對著屋頂上的傾城作出了讚賞的手勢。

無歡的聲音緩慢地響起在那些爭奪聲中，很溫柔很低沉的話語，卻沒有被那些撕扯的喧囂湮沒，他說，我明白了，即使有了幾萬的大軍，也要看王妃是否願意跟我走。

可是，誰都沒有想到，這個時候，帝王卻突然拔出了劍，撲向傾城。他一邊朝著傾城撲過去，一邊在嘴裡咒罵著，「妳這個賤人！賤人！」

傾城望著她，心中是悲涼如水的情緒緩慢的鋪展在自己的內心世界裡。

多年前，滿神的預言永遠沒有錯。這依然是一個，並非眞心愛著自己的男人。他們對自己的愛，只是爲了滿足他們自己的佔有欲，滿足自己大男人的控制欲。

傾城低低地歎了口氣，一動不動，她對著下面的人輕輕地說話，聲音像是帶著回聲般地盪氣迴腸，她說，「你們聽著，如果還想看我這件衣服下面穿著什麼……」

所有的男人驚呆了。

「那就拿起武器。」

「唰」的一聲，所有的武器被重新拿在手上，在從天空中筆直刺下的凜冽的寒光下，反射出一片銳利的光芒，直指屋頂上的帝王。

王突然崩潰了一般跌坐在金頂上，他哭號著，說，王妃救我！救我！

忽然，他舉目望過去，臉上露出狂喜的神色。他像是發了瘋一般的哈哈大笑，他說，你們完了！你們都完了！你們這群賤人，無歡，傾城，還有你們這些奴隸！你們都完了！大將軍光明來了！是光明！

無歡輕蔑的笑了，他微微地轉過頭去，露出嘲諷的笑容，他說，死到臨頭，這樣的謊言……

他本來想說「還是少說爲妙」，可是，後面半句話，卻隨著他的笑容一起，硬生生的死在他的嘴角處。

因爲，光明眞的來了。

日光照破濃厚的烏雲。

成千上萬的光線從天空破雲而出。

火紅的鮮花盔甲一路飛馳過來，像在日光下沿路撒下無數盛放的花朵，所有的花瓣被馬蹄揚起來，飛揚在空氣裡。金色的面具發出閃電般耀眼的亮光。

無歡鎖緊了眉頭，他不知道他怎麼會活著從鬼狼的刀下回來，而且，可以輕鬆穿越了守衛城門的極北大軍，單騎殺過來。

無歡迅速站起來，對周圍的九十九個動術師說，佈置動術之陣。

一瞬間，剛剛安靜站立在他周圍的那些像是雕塑一樣的白色動術師，突然像是跳動著的白色光芒一般，四散開來，整個金頂都被籠罩在這樣的白光之下，每個動術師都站在自己的位置，念動著咒術，金頂的這一整個被他們的白色光芒所籠罩的空間，速度都被他們加快了。

任何進入這個領域的人，行動都會變得像千分之一那樣緩慢，就像是無法走路的木偶人，只能緩慢的一步一步行動，而這些動術師，卻每一個都迅如閃電，遊如蛟龍。

所以，無歡幾乎是在等著光明進入這個空間。

進來送死。

而所有動術師都在發動著這個陣法的時候，誰都沒有注意到，王突然拔出了劍，朝王妃傾城筆直的刺了過去。

無歡眉頭一皺，心裡突然跳空一拍。那一瞬間像是有電流交錯著流過身體的表面。不過，馬上就像是消散在空氣裡，因爲，憤怒而失去理智的帝王，連拿劍都拿不穩，跌跌撞撞，根本無法刺中傾城。

可是，傾城依然也是驚恐的閃避著，嘴唇一直在顫抖著一張一合，像是要說什麼，無歡一瞬間覺得，傾城像是有話要對自己說，可是，這樣的感覺立刻就消失了，因爲，這簡直太荒唐。

本來無歡已經不爲傾城擔心了，因爲，僅僅憑剛剛傾城在寢宮裡對蟲術的高超的控制力，對咒術一無所知的王又怎麼可能動得了她分毫呢。

無歡有點自嘲的笑了笑，看來自己的擔心眞的是多餘了。然後他回過頭去，看到帝王一劍斜刺過去，傾城朝後一退，然後摔下了金頂的邊緣。

風在耳邊像是怒吼的蛟龍般翻滾著。

日光強烈到睜不開眼。

傾城手抓著金色的瓦沿，琉璃瓦的邊緣太鋒利，手心的皮膚被割開，鮮血順著手臂流向肩膀，胸口，漸次染紅羅衫。

像是失去心智般的帝王，站在瓦沿的邊緣，他抬起腳，緩慢地在傾城的手上踩下去，一邊踩，一邊說著，賤人，我叫妳脫衣服，我叫妳脫……

傾城的眼淚像是泉水一般地從眼眶中湧出來。從臉上流淌過去。那些溫熱的液體，帶著悲傷的心情，弄髒了那張美好的臉。

痛感不是來自手上，是來自胸腔中曾經最柔軟的部分。這就是曾經說著深愛自己的男人。這就是自己曾經以爲可以依賴的天下。

無歡望著淚流滿面的傾城，心裡像被人突然插進了一把匕首。瞬間的痛感被傳遞到四肢百骸，然後匯聚成突突的心跳，在胸口處發出沉悶的震動。

這是……心痛的感覺麼？

無歡抬起手，白色的光芒瞬間聚攏在手指之間，然後一瞬間，那些白色的光芒幻化成了一柄閃耀著白色光芒的利劍。

他朝著帝王走過去，然後耳邊突然傳來金頂之下的一聲「住手」的怒吼，他向下望去，光明的白馬飛馳而來。

帝王像是看到救星一般的，狂笑著，朝著無歡砍來。

無歡正想還手，突然想起剛剛收到的咒術黑鴉傳來的資訊，於是，他輕輕的鬆了手，白色的利劍跌落在金頂的琉璃瓦上。

因爲符紙上寫著，見光明，棄兵刃。

倒不是他完全相信著符紙上的資訊，而是因爲，即使他沒有拿劍，憑著帝王一個凡人，連靠近他的能力都沒有，更不要說傷他了。他只是想看看，那個傳遞著資訊的人，到底是什麼意思。

正在他準備念動咒術防護結界的時候，他就突然看到，一截劍尖從王的胸口戳了出來。帝王的鮮血順著劍鋒往下流。滴落下來，像是雨滴滴落在瓦片上，沿著屋頂的凹槽流淌下去了。

王轉動著僵硬的身體，臉上是難以相信的表情，因爲他轉過身，看到了投劍的人，是大將軍光明。

所有的人在那一瞬間都停止了呼吸。包括無歡和傾城。

誰都無法相信眼前看到的一切。

金頂之下，成千上萬的士兵睜圓了眼睛，他們無法相信，光明竟然殺了王。

風將沉默吹得龐大，擴散成頭頂黑壓壓的雲層。

無數的飛鳥密密麻麻地飛過王城的上空。像是突然看到死亡的陰影籠罩天子，於是天空上演了這場最爲盛大的送葬。

而這一切的安靜，在傾城抓住瓦片的手鬆開的時候被打破了。

消失了力氣的傾城，從金頂摔落下來，羅衫被風吹成翻飛的花朵，像是花瓣飄落在寒冷的秋風裡，光線被風吹散，視覺聽覺在一瞬間模糊。

無歡念動咒術，剛剛抬起手，就看到光明突然從馬背上往上一縱，突然跳了十丈高，像是迅捷的流星一般，在一瞬間抱住了傾城，然後又瞬間重新回到馬背上。

白馬在眾人還沒反應過來之前迅速的消失在王宮的出口處。

一切像是夢一般的虛幻和無法相信。

無歡收攏僵硬的手勢，拳頭被他捏出「咯咯」的聲響。他低聲說，「誰能告訴我……」

周圍的九十九個動術師全部跪在地上，誰都不敢接話。風將他們的白色衣袍吹成模糊的光。

「光明這個賤人，怎麼會動術！」

光明的馬在林間飛馳著，身後不遠處一群白色的光芒追逐他。那是無歡和他手下的九十九個最傑出的動術師。

空氣中傳來濃郁的花香。

當馬穿過地面的時候，傾城看到無數的花瓣被馬蹄踐踏著然後揚起飛散到空中。繁花重重疊疊地開放在枝椏上，枝葉承受不住如此繁複的重量，於是花樹低低的垂下來。

樹枝不斷的劃過裸露在戰甲之外的手臂，拉出一道道的傷口，傾城躲在大將軍的背後，樹枝無法劃傷到她。

不知道什麼地方傳來悠揚的笛聲，將黃昏，像是花粉般的吹散了，從天空灑落在人的身上，雖然是在逃命，但是無端的，傾城卻覺得浪漫。

夕陽和繁花，以及樹林中突然衝天飛起的飛鳥，在這一刻，都被打上了浪漫而溫柔的記號。

大將軍突然抱住傾城翻身下馬，馬朝著樹林深處飛奔而去。

傾城正要開口詢問，因爲身後密集的馬蹄聲已經近在耳邊了。

還沒開口，將軍就在自己面前蹲下來，對她說，到我背上來，我背著妳跑，馬跑得不夠快！

傾城伏在他的耳背上，手心裡，他結實的肌肉因爲奔跑而激烈地收縮著，傾城突然心裡一陣沒有來由的傷感，喉嚨突然鎖緊了。說不出是喜悅還是憂傷的情緒哽咽了胸口。

無歡和九十九個動術師奔馳在花林裡。

他從來沒有和這麼多的動術師行動過。因爲，從來沒有任何一個對手值得他如此。

可是，這次是圍殺大將軍光明。而且，光明的手上，還有自己想要的女人，傾城。

他一直盯著前面騎著馬飛馳的光明和傾城。直到看到光明下馬背上傾城奔跑時，他才發出了一聲冷笑，「和我比動術，光明我看你是眞的想死了。」

他停下來，對身後所有的動術師說，全部下馬，用動術追殺光明。

一瞬間，花林中的所有的飛鳥都鳴叫著飛上天空。花林裡，密密麻麻的一百道流星一樣的白色的光芒，像疾風一般朝著前面席捲過去。所有的花瓣都被這些經過的流星般的白光擊落下來，在風中吹得紛紛揚揚。

龐大的水聲。

幾乎要震聾了耳朵。

傾城背對著巨大的瀑布，和瀑布下萬丈高的懸崖。

身邊站著大將軍光明。

而眼前，九十九道白色的光芒，陸續地從天空中隕石墜地般的降落下來，每一道光芒，在落地後，都變成了一個穿著白色動術長袍的動術師。最後，是無歡從這些挺拔的動術師中走出來。

他的笑容依然俊美無瑕。像是最乾淨純潔的白玉。

傾城悄悄地從懷裡掏出一把匕首。

光明卻突然伸出手來按在她的手上，低聲對她說：不要死，好好活著。

不要死。

好好活著。

像是瞬間的暖流流過四肢。心臟裡那塊最柔軟的地方被人捧在手裡。胸腔裡是一種龐大而微茫的喜悅感。傾城抬起頭，看不見那張躲在面具背後的臉。

無歡臉上是模糊的笑容，帶著邪氣和甜美，他說，大將軍，我用了幾乎一年的時間來策畫這場陰謀。值得高興的是，你陪我一起，玩得很精彩。

光明一動不動，像是聽不懂他在說什麼。

反倒是傾城像是被震動一般，忍不住問，你說陰謀是什麼意思？

無歡說，我甘願作一個浮橋，甘願從極樂宮來到王城的沉月軒，甘願和一幫低級的咒術師在一起，去競爭那個滑稽的近護衛領的職位，妳以爲，我眞的是願意當那個見鬼的近護衛領麼？

傾城說，難道那個職位，也是你計畫的？

你說對了。收買幾個愚蠢的大臣對我來說易如反掌。只要他們吹噓說光明不在身邊的時候一定要一位能力超眾的人來保護帝王，那麼，貪生怕死的王一定會同意。所以……王妃，難道妳以爲我不遠萬里從極北之地來到王城就是爲了送妳一件千羽衣麼？

你是爲了拿到近護衛領的職位？

是的。

爲什麼？

那就要問親愛的光明大將軍了。全是拜他所賜。我雖然可以自由的進出王城，可是，單憑我一個人的力量，我如何去跟宮內幾千個咒術師鬥？而且，王宮周圍被他佈下了咒術迷宮，如果不能作到近護衛領，又如何能夠得到迷宮的出入之法？

不對，就算不是光明親自去沉月軒選擇的人，可是，宮裡任何一個咒術師都認識你，都知道你就是無歡啊。

無歡突然很陰柔的笑了，他說，沉月軒的主人是千羽樓的優秀的咒術師，她叫畫眉，而且，非常善於畫眉。

傾城沉默了。她已經隱約的感覺到了，無歡正在策畫的巨大陰謀。

無歡笑了笑，繼續說，不過，還是要很感謝上蒼。因爲，如果不是突然有蠻人的戰亂，光明也不會突然就離開王宮。如果他不離開的話，光是他設在王身上的白光結界，就要消耗掉我一般的咒術能量了。而且，在我破壞掉白光結界之前，我的人頭應該早就被光明割下來了吧。

無歡突然收起滿臉的笑容，冰冷的說，而今天，這場角逐終於走到了盡頭。在派出黑袍客鬼狼之前，我一直壓制著殺你的欲望。因爲我想親手殺了你。這是我能想像到的最大的快感。我打不敗你，是因爲你比帝王，比我，更無情。你和我們並沒有任何的不同……所以，你今天如果爲了這個女人從這裡跳下去，那我也徹底認輸。

大將軍把王妃往前一推，說，你放了她，我就跳。

無歡笑了，笑容說不出的邪氣，他說，雖然遵守諾言並不是我的強項，但我這次願意破例。因爲，你不會的，你是最無情的大將軍光明啊。

瀑布發出巨大的轟鳴。

水花反射著陽光，映射出彩虹。

無歡站在瀑布面前，看著傾城跌坐在地上淚流滿面的樣子，他臉上的表情僵硬而又扭曲，他無法相信，大將軍光明眞的爲了這個女人跳了下去。

他抬起頭，怒吼著，不！這不可能！

聲音迴盪在空曠的天地間，混合著龐大的水聲，還有其中傾城隱約的哭泣。

黑色玄鐵打造的鐵門一扇一扇的洞開。

黑暗的空間裡，空氣也有了重量，壓在胸口上，讓人呼吸不過來。

耳邊是若有若無的鏈條的聲響。清脆的迴盪著。

北公爵無歡押送著傾城走過重重鐵門而來。

他輕輕的揮了揮手，嘴中念動了一句微小的咒語，然後，空中突然飄落下一塊巨大的黑色綢緞，就像是夜空被突然剝離了一塊，露出的竟然是一座用千年玄冰和黃金鑄造的巨大的鳥籠。抬頭望去，鳥籠的最頂上是五光十色流雲密佈的星空，像是最絢麗的圖畫。

無歡笑著靠近傾城的耳邊，灼熱的氣流噴到她的脖子上，發出酥麻的感覺，他說，這是我從極北之地帶給妳的禮物，喜歡嗎？

傾城看著和自己一寸距離的這張完美的男子面容，心跳突然變快很多。就連如此憎恨他的自己，也不得不承認，這是一張太完美太有魅力的臉。

傾城深吸了一口氣，說，你放心，就算你不用可以一切咒術都無效的玄冰和無法被煉金術置換的黃金作牢籠，我也不會逃走的。

傾城回過頭，臉上是像月光下的湖面一般平靜的神色，帶著麻木的絕望，和冰雪般的寒冷。

她說，我不但不會逃走，我還要謝謝你。

無歡楞了一下，轉瞬又笑了。他說，花言巧語。

傾城搖搖頭，她說，眞的。如果不是你，我一輩子都不會知道，被人珍惜，被人保護，是那麼的幸福。儘管只有那麼一瞬間。

無歡歎了口氣，抬頭望著牢籠外的蒼穹，英俊的臉上是一層如水般的憂傷，他低低地說，什麼愛啊，幸福啊……妳現在在哪兒？在我的籠子裡。愛妳的保護妳的人在哪兒？他爲了妳死了。所以，所謂的愛啊，幸福啊，難道不是荒唐的狗屁麼？

傾城幾乎是自言自語地說，這就是我的命運，改變不了的……

無歡看著悲痛的傾城，突然一陣心痛從胸腔深處傳來。

他默默地朝籠子的大門走去，然後轉過身來說，順便告訴妳，今天放下武器讓我丟臉的那些士兵，都讓我殺了。妳知道是誰殺了他們嗎？——是妳。

他話音還沒有落，一道白光突然直射向無歡，這是傾城投出的匕首，無歡搖了搖頭，輕輕地抬起手，用手指點了點，「停！」

然後，那把匕首像是射進了一塊透明的巨大的海綿一樣，深陷在透明的空氣裡，無法動彈。

然後，傾城突然舉起右手放到唇邊，她念動了咒語，「千蟲噬月！破！」

那把匕首突然四分五裂，變成無數塊閃著寒光的細小的碎片，然後，這些碎片突然變成了無數黑色的硬殼的蟲，嗡嗡地朝著無歡流星般迅速的飛去。

無歡突然朝後飛掠而去，他攀在籠子的頂上，然後在嘴唇前豎起食指中指，「霜風！動！」

然後，那些剛剛還在迅速震動著翅膀的蟲，一瞬間全部被蒙上了一層寒冷的白霜，然後，突然一陣疾風捲動著，吹向周圍尖銳的玄冰，「啪啪」聲不斷撞響在冰壁上，那些蟲蟲撞破後流下的綠色的汁液，弄髒了純潔透明的玄冰。

無歡突然伸出手，從空氣中突然幻化出一件覆蓋著飛鳥羽毛的千羽之衣。

他大聲叫著，給她穿上！

然後，他大步走出了玄冰之籠。他轉過身來，說，我曾經給過妳一件普通的千羽之衣，不過看來妳並不喜歡，不過這次的這件，妳一定會喜歡，因為，穿上這件千羽之衣的人，就無法再使用任何的幻術——雖然妳那點小小的蟲術對我而言就只是蜉蝣撼樹而已。

巨大的水聲依然咆哮在空曠的山谷間。

太陽早已沉落到地平線下。

星星漸次的佈滿了整個夜空。

一隻手從咆哮的河邊的山崖下伸出來，抓住了岩石。

穿著鮮花盔甲的大將軍拿下了頭上的頭盔，他是奴隸昆侖。

遠處傳來一聲馬嘶，大將軍光明的白色戰馬立在草原與天空相接的地方。

穿著鮮花盔甲的奴隸昆侖，向戰馬走去。

密林中傳來輕微的腳步聲。然後越來越近越來越近。

躺在地上奄奄一息的光明聽到腳步聲的時候，他已經沒有力氣站起來了。

血在他的身下攤開來，凝固成了一大塊暗紅色的血痂，上面有很多螞蟻爬蟲在啃噬著這些凝固了的血塊。

他的不遠處躺著一個女子的屍體。

蒼鷺。

她已經死了。

誰都不知道她是怎麼死的。只是她臉上的表情驚恐的扭曲著。像是看見地獄中的鬼魅般的表情。

她的臉上爬滿了螞蟻，眼睛裡進出著一些說不出名字的爬蟲。
十幾個出發追捕光明大將軍的士兵看到眼前的景象驚呆了。
剛剛還在王城中騎著駿馬飛馳的大將軍，現在卻躺在密林裡，生命垂危。
領頭的人走過來，站在光明面前，光明吃力的睜開眼睛，他看到的是自己的副將也力。
他突然整個身體都放鬆了，像是溺水的人抓到了救命的稻草。
可是接下來，這根稻草說的話，卻讓他笑不出來。
也力看了看他，對身後的小兵說，來人，把他綁起來。

現在的王宮像是一座死城。
自從帝王被刺死，傾城被搶走之後，巨大的王宮像是一座死城一般。
整個王城的人每天夜裡都看到昔日夜夜燈火通明的王宮如今像是一個巨大的黑洞。
而現在，廣場中央突然多了幾根高大的木樁。最大的一根木樁上，捆綁著大將軍光明。
他在等待著大臣們的審判。因爲，對於別人來說，他都是那個殺王的人。
肌肉的傷口已經凝結了。只是饑餓和口渴，像是跗骨的蛆蟲一般折磨著這個曾經叱吒風雲的大將軍。

空曠的廣場，什麼人都沒有。遠處零星有幾個火把發出微弱的黃色光芒。

夜空中不時的有烏鴉飛過去。

淒涼而晦氣的叫聲響徹王城。

光明突然被一陣耀眼的光芒驚動，眼睛被刺得流出淚水，耳邊是龐大得像是梵樂的聲響。

狂風大作。

當一切平息之後，他看到站立在自己面前的滿神。

滿神看了看傷痕累累的光明，歎了口氣，說，你輸了。

光明憤怒的朝著滿神吼，可是！殺王的並不是我！

滿神繼續歎氣，她說，從來沒有人說過是你，你自己看到無極裡穿著鮮花盔甲的人殺了王就以為是你，可是，鮮花盔甲的主人，並不是你光明。是你自己看不懂無極而已……

滿神輕輕地笑起來，光明的眼睛因為憤怒而發出撕裂的疼痛。

滿神接著說，你一直以為你是戰爭的主宰，命運的寵兒，勝利的象徵，其實，他才是鮮花盔甲的主人，天下真正的戰神。

光明突然發出狂放的笑聲，他笑著說，我不信。

滿神也笑了，笑容像是隔著濃厚的水氣般模糊氤氳。她說，將軍，我見過這世上太多的人，他們都不甘心自己的命運。只是，他們不是在命運的支配下無望地死去，就是在無用的反抗中灰飛湮滅。命運就像一個殺手，而你生來就是爲了逃亡。命運就像你的影子一樣，一輩子都會追著你不放，你不可能打敗你的影子。除非你先消滅你自己。只有等你倒下，死亡，和它融爲一體，你才明白它就像一件爲你量身定作的衣服一樣合身。這就是無極昭示的內容。

滿神微笑著，然後，像是幻覺一般的，如同彌漫的霧氣，消散在光明的面前。

光明砰然墜地，身體砸到堅硬的地面，骨頭發出沉悶而巨大的疼痛。可是，那些原先的傷口竟然奇蹟一般地消失了。

滿神的聲音從黑暗無邊的夜空中傳來。像是咒語，充滿了縹緲的未知。

「盔甲的主人不僅是天下的戰神，他還會得到王妃傾城的愛。」

光明胸口突然一陣劇痛。

他不願意去相信這樣一個事實。

而現在，他立刻要去作一件事情。

這件事情必須馬上去作。他一刻也不能等了。

6 雪噬

荒草朝著太陽瘋長。

夕陽將餘光凝結成塊，灑落在草尖上。

光明在齊肩深的草叢中飛奔，他要找到他的奴隸昆侖。

遠處傳來的一聲馬嘶讓光明拔足狂奔，他猛地站住，高大的戰馬幾乎差一點就要撞碎他的頭顱。

而馬後的那個人，慢慢地跪下來，低下頭，一動不動。

他是穿著鮮花盔甲的昆侖。

光明拔出刀握在手上，圍著昆侖走了一圈。心中翻滾的怒火讓他的瞳仁變大變小，殘陽在他的眼中氤氳成一片，像攪碎的蛋黃，模糊了本應傳達情緒的眼神。

高草在風裡搖曳。

草香隨著風傳向更遙遠的地方。

昆侖一動不動，似乎等待著主人一刀砍下來。

光明圍著昆侖走了三圈，最後停了下來，「匡噹」一聲劍已經收回鞘中。

光明說，把盔甲脫下來！

夕陽照耀。大風吹動著荒草發出沙沙的聲響。在這些細微卻龐大的草聲中，是光明穿起盔甲時，甲冑契合的鏗鏘之聲，盔甲上萬花怒放，映照著這個天下無敵的戰神，跪倒在光明腳下的昆侖幫主人穿上戰靴。

光明一翻身竄上高大的馬背上。

光明說，你去把王妃傾城搶出來。

暮色四合。

高草中成群的烏鴉瞬間飛上血紅色的蒼穹。

是送葬麼？

還是戰爭的宣告。

極樂宮是一座幾乎全部用玄冰建造起來的宮殿。

和王城不同，這裡沒有繁華的街道，沒有喧鬧的人群。

這裡有的只是死亡一般盛大的寂靜。以及一望無際的白色。

整個天地都是這樣的白色。像是混沌初開的世界，被大雪席捲著覆蓋了每一寸裸露的肌膚。

極樂宮內，深夜裡站崗的士兵，都是穿著白色的軟甲，完全不同於光明將軍的部隊，厚重堅硬的鋼鐵盔甲穿在身上，極樂宮內的每一個人，都以最大限度追求著動術所需要的輕巧和靈動。

而他們，現在也安靜地站立在宮殿的各個角落。城牆之下，城堡之上，塔樓之上……每一處，都有白色的身影像是雕塑般一動不動的站著。

巨大的黃金鳥籠停放在玄冰圍繞的峽谷中。

籠底，傾城趴在寒冷的地面上，像是睡著了。

被迫穿上的千羽之衣讓她像一隻巨大的白色之鳥。安靜的沉睡在玄冰之中。

月光從籠頂照穿。

月光下，誰都沒有注意到，那個矯健的身影是什麼時候潛伏在籠頂之上的。

昆侖從籠頂上俯瞰著沉睡在自己腳下的傾城，心裡某處柔軟的地方被觸動了。眼前像是閃電般的浮現出一幕一幕他背著她逃亡的場景，像是沒有音樂卻壯麗的詩篇。

昆侖想，那是自己一生以來，最自豪而悲壯的時刻吧。

巨大的鳥籠的上方，是一個可見星空的空洞，一條鋼索直垂到地面。

昆侖把鋼索輕輕地環繞了傾城的身體。

然後，他蹲下來，積蓄了無數的力量，然後，朝著深黑色的蒼穹，奮力一躍——

傾城從夢中突然驚醒的時候，她已經發現自己飛翔在百米高的夜空上了。抬眼望去是無數的繁星，低低的一片，像是壓在眉毛上面。而腳下，是萬家的屋宇，還有明月照射出的自己的影子，像是巨大的蒼鷹一般，張開了寬闊的羽翼。

傾城突然變成了一隻風箏，拉著她的昆侖在無數的屋脊上靈巧地奔跑。傾城身上的千羽衣迎風舒展開來，颶風在耳邊刮出龐大的聲響。

傾城想，眞的是飛起來了麼。

極樂宮永遠是一個極樂的地方。

無歡居住的寢宮，每一寸地方，每一件擺設，都是千裡挑一，精心設計。

無歡正躺在那張千年的紫檀木雕刻出來的床榻上，空中懸著幾個酒杯，幾個果盞，還有幾顆發出柔和光線的巨大的夜明珠。

他幾乎不用費力就用動術控制著這些東西，自動的移到嘴邊，送來美酒，以及奇異的珍果。

當他喝下第三杯全天下只剩下一罈的神竹瓊釀時，他看到雕花的窗上，一個巨大的飛鳥的影子突然掠過。

他揮了揮手，窗戶砰然打開，然後，他的表情凝固在他俊美的臉上。

然後他閉上眼睛，突然從床榻上消失了。

再睜開眼睛，他已經站在空曠的大殿前的廣場上。他身後，站著那個黑衣刺客。

無歡的臉上露出猙獰的神色。他順手抄起邊上的火盆，舒展開修長的雙臂，一擰腰，「嗖」地向空中擲去，火盆像箭一般，朝著天空上的傾城射去，無歡變動著手勢，說，「幻影！動！」

一瞬間，火盆突然分裂成無數個，像密集的流星雨一般朝著傾城砸去。

崑崙回過頭，連忙拉動著手上的鎖鏈，飛快的控制著傾城，躲避著劃過的火焰。

可是，最後，依然被其中一個火盆凌厲的擊中了鎖鏈。鋼索「綳」地一聲，像弦一樣的斷了。

傾城像是斷線的風箏般飄落下來，被火焰灼傷的那些羽毛紛紛揚揚的在夜空中彌漫開來。

崑崙咬了咬牙，突然朝著天空一躍，身體在空中蜷成一團，然後，突然爆發般的展開，頭朝下，疾箭一樣地直射而下，張開雙臂，接住了傾城。

他對著驚恐的傾城說，妳別怕。我帶妳走。

他的聲音帶著生硬，和惶恐。因爲奴隸是不習慣說話的，他們只會沉默的聽從命令。

可是，他卻鼓起勇氣，對著自己懷裡全天下最美麗的女人說了話。

傾城揚起臉，像是從他的眼睛裡發現了什麼。

崑崙覺得血液突然沸騰，像是全身的熱度一瞬間驟然增加。他趕快移開了自己的目光，他對著空曠的甬道盡頭說，我保護妳，相信我。

那一瞬間，曾經某種熟悉的情緒在心中萌芽。

像是沉睡過一整個寒冬的種子，在春天豐沛的雨水下刺破堅硬的外殼，朝著地層深處，狠狠地扎下根系。

無歡臉上的表情用力的扭曲著，他咬著牙，一字一頓的說：在我極樂宮面前炫耀你的動術，我要你今天死得很難看！

無歡突然伸展開雙臂，一瞬間，他腳下的大地像是地震般的出現很多光的裂縫，無數洶湧的光芒從他腳下噴湧而出，帶著向上翻捲的狂風，將他的頭髮和長袍吹得朝上獵獵作響，他大吼了一聲特殊的咒語，然後，突然，他的身後像是群星降落一般，無數白色的光芒簌簌地從天而降，然後在他身後站立成他手下的九十九個動術師。

無歡張了張口，說，抓住他們。

然後，身後的動術師錯落著朝著昆侖奔跑的方向飛掠而去，他們白色的光影帶動起咆哮的颶風，席捲著整個極樂宮。

昆侖一落地，然後就帶著傾城飛快的向遠處縱深處的一道巨大的石門奔走過去，因爲他來的時候，已經環顧了四周，那道石門，是唯一的一條出路。

無歡對著身後的黑衣客鬼狼說，你去把石門關上。

然後，身後的鬼狼像是煙霧般的擴散在空氣裡。

而下一個瞬間，無歡抬頭望向冗長的甬道盡頭，高大的石門頂上，鬼狼懸空站在夜空裡，他揮著手，隔空用動術操縱著巨大的石門。

無歡不得不承認，在所有的動術師裡，鬼狼是最厲害的人。因爲，控制石門的巨大的齒輪平時起碼需要十個彪形大漢才可以推動，而他，只是用動術就打開了沉重的巨石之門。

無歡甚至在那一刻，微微的對鬼狼提起了防範。

無歡突然伸開雙臂，他的巨大的白色斗篷像是蒼鷹的羽翼般驟然展開，他朝上一躍，矯健的攀上一根柱子，縱眼望去，這是一列看不到底的巨大的石柱，每一根石柱的頂端，都有一個端坐在坐椅中的神像，每一個神像都有著不同的表情和不同的姿勢。

無歡握緊雙手，將左右手的食指和中指併攏著豎起在嘴唇邊上，咒語低沉的響徹在整個極樂宮的上空，隨著他的咒語聲越來越盪氣迴腸，整個大地開始微微的發出震動，然後，一瞬間，所有的神像全部淩空飛起，然後，朝著傾城和昆侖雨點般的砸下去。

地面的碎石被濺到高空。

飛沙漫天席捲。

昆侖背著王妃像是幻影般的奔跑著。

鬼狼最後將手指從嘴唇邊移開，朝身旁輕輕一劃，然後，石門就轟然關閉了。

可是，就連鬼狼在內，誰都沒有看清楚，在最後的一個瞬間，昆侖竟然帶著傾城從即將關閉的縫隙裡閃身而出。

無歡在柱子頂端突然覺得身體一陣搖晃，差點從上面摔下來。

他跌坐在失去神像的空椅上，像是喃喃自語般的說，我知道了，我知道他是誰了！他才是懸崖邊上的那個人！他才是殺王的人！

而這個時候，空曠而寂靜的甬道中，傳來一陣清脆的馬蹄聲。

無歡回過頭去，一瞬間消失了表情。

石門之外，已經逃出極樂宮的傾城和昆侖同樣被這一陣清脆的馬蹄聲驚動了，他們回過頭去，那一瞬間，所有的努力都變成了灰燼。

因為傾城看到，大將軍光明正騎著他的戰馬，揮舞著利劍，朝著石門衝過來。

石門關閉的最後一瞬間，傾城突然閃身回到了城中。

重回死亡之境。

石門在她身後轟然關閉。

她鼓舞起千羽之衣，朝著自己以爲的幸福奔跑過去。

無歡坐在神椅上，看到重新回到城中的傾城，他伸出手指，在嘴唇邊比出了十字，他說，既然妳敢回來，我要你們這對狗男女……

「死得很難看！」石門上的鬼狼說完這句話之後，突然發起動術，一瞬間，身影成千上萬地從高空蜂擁而下。

昆侖被巨大的石門隔絕在外面。

一瞬間，他竟然有了一種被所有人拋棄的孤獨感。

周圍的安靜將他的心跳襯托得格外龐大。

月光從頭頂照射下來。

雲影濃厚的在腳邊移過。

他像個孩童般不知所措的貼著石門聽著裡面傳來的馬蹄聲和刀劍聲，他退了兩步，然後，衝到石門邊上，十指嵌入門縫中，全身的每一條肌肉都暴突起來，一些像是煙霧一樣的白色氣體從昆侖頭髮上，肩膀上，胸膛上蒸發而出。

石門發出沉悶的轟然巨響，突然打開一條縫——

他從縫隙裡看到，傾城飛身竄上光明的坐騎，正躲避著刀光劍影，穿越著漫天的羽毛奔馳而來。

「噗」的一聲，昆侖的大腿上突然撕裂出傷口，巨大力量像是要從他的身軀裡噴薄而出。

而這時，他的身後突然飄過七個黑色的身影，這些身影不斷的變化著位置，有些飄在空中，有些伏在地上，有些站在他身後，有些倒掛在空氣裡，這些身影像是鬼魅般迅速地變化著位置。

昆侖知道，這就是那個在密林中將光明重傷的那個如同鬼魅般可怕的黑衣人。

「雪國人，放手！石門一開，你就死定了，無歡的鬼影千軍陣下，從來沒有一個活口。救救你自己！」

昆侖沒有回答他，只是更加用力地撐開石門。

大腿上再次地爆開一條裂口。鮮血沿著雙腿流到腳上。

戰馬載著光明和傾城向石門奔來……

七個變幻莫測的模糊身影突然聚攏成一個清晰得毫髮畢現的人，昆侖第一次看清楚了鬼狼的樣子，一身黑衣長袍，帶著風帽，面容消失在兜在頭上的風帽裡面。

鬼狼的黑色長袍突然飛揚開來，在那一瞬間，石門上火花四濺，堅硬的石頭被割出七道長長的裂縫，濺出來的火花灼傷了昆侖的眼睛和臉，劇痛讓他一下子跪在地上，可是，雙手依然緊緊的轉著石門。

石門被打開了，昆侖的胸膛中發出一聲遙遠而悠揚的嚎叫聲……

戰馬躍起，像被千分之一放慢的鏡頭，時間在這一刻被拉得無限冗長，戰馬緩慢地，緩慢地，從他頭頂上飛過去。

無歡雙腿分開站立，身上的長袍被颶風吹得朝上翻滾。

他把食指放進牙齒，用力地咬破了食指，然後，他將手舉到頭頂，朝著石門的方向筆直向下一劃，血珠飛濺開來，他低沉的聲音響徹在整個極樂宮的上空，「鬼影千軍陣！動！」

嗡——

空氣中突然響起的金屬般的弦音，無數個士兵突然跪倒在地開始嘔吐，然後卒然倒地，口吐鮮血，巨大的聲響像要刺穿人的耳膜，所有的動術師都一瞬間消失了身影，無數模糊的白光四散奔逃，躲避著無歡的陣法。

隨著那些飛濺開的血珠，空氣裡突然排山倒海的出現了千軍萬馬，無數戰馬的幻影，無數骷髏般的動術師朝前飛掠的影子，無數刀客的鬼影，無數朝前飛掠的模糊透明光影，一切，像是翻湧的海潮般，朝著石門盡頭席捲而去，所過之處，所有的旗幟，柱子，全部翻倒在地，堅硬的石頭被刮得千瘡百孔，地面暴裂開來，巨大的裂縫隨著千萬鬼影朝前分裂著，大地轟鳴，整個天空像是世界末日般地呈現出血紅色。

「雪國人！快逃！不然就死了！留住你的性命！」震耳欲聾的金屬弦音越來越近，鬼狼壓抑著內心的想要嘔吐的欲望。

可是，昆侖幾乎已經聽不到任何聲音了。撐開石門幾乎已經消耗掉了他所有的生命力，眼前是無數的色澤，變化成幻覺，吞噬著他的視界。

戰馬突然被一個衝過來的動術師的鬼影攫住，一聲嘶吼翻倒在地，而這時，昆侖也倒下了，光明和傾城跌下馬來，光明拉著傾城朝前飛奔。

「等一下，」傾城突然回過頭去，看到倒在地上的戰馬和昆侖，「戰馬和他怎麼辦？」

「不要管畜生的死活了！快跟我走！」光明的聲音冷酷而冰涼，重新恢復了那個天下唯我獨尊的戰神的樣子。

「可是他……」

「奴隸也是畜生！」

傾城望著拉著自己飛奔的光明，想說什麼，卻沒有開口。

在大門快要關閉的時候，所有的幻影全部衝到了門前，在最後的一剎那，鬼狼將昆侖的身體救了下來。

而當他再一次的跌落到離城門五十米開外的地上的時候，他抬起頭，倒在地上的戰馬被衝出來的無數的幻影絞殺得粉碎，屍體裂成千片萬片，血光拋向天空。

鬼狼身後突然傳來劇痛，他反手摸去，一手的黏稠的血。

就算是號稱天下第一刺客的自己，也沒能躲過無歡的鬼影千軍陣。

鬼狼心裡冰涼一片。

究竟無歡有多麼高的咒術，連他都不是很清楚。

只是他知道，如果誰與無歡爲敵，那這個人一定會死得很難看。

不過這些都不重要了，重要的是，自己還活著，昆侖還活著。

這就夠了。

極樂宮恢復了往日的寂靜。

或者，可以說是比往常更加的寂靜。

大殿裡，九十九個動術師分成兩排站在無歡的王座前面。鬼狼跪在王座之前。

無歡閉著眼睛，單手撐著下巴，像是已經睡著了。

沒有人敢說話，空氣像是凝固了一般，以半液體狀態流動在每個人之間。

無歡突然說話了，他依然閉著眼睛，聲音像是夢囈般地不可捉摸，他問鬼狼，你是說，大將軍用一件盔甲就輕輕地騙過了我？

鬼狼點點頭，很艱難地從喉嚨裡發出一聲「是」。

「你是說，」無歡接著問他，依然閉著眼，聲音沒有一絲感情和熱度，「冒充他的只不過是個奴隸？」

「是。」鬼狼覺得後背上突然長出了無數尖銳的針芒，抵在肌膚上。

「你是說，」無歡終於睜開了眼睛，「我北公爵無歡，敗在了一個奴隸手下？」

鬼狼覺得喉嚨像是被火灼燒般的疼痛，那個「是」字無論如何也不敢說出口。

倒是無歡突然放聲大笑，笑容充滿了詭異。

他揮揮手，說，「你們都下去吧，鬼狼留下。」

所有的動術師在一瞬間就消失在了大殿之內，像是剛剛這九十九個人根本沒存在過一樣，無聲無息的就像是清晨的陽光照射下的濃霧，瞬間消散了。

無歡看著鬼狼，低聲說，我知道怎麼把光明置之死地了。

鬼狼沒敢接話，依然跪著，低著頭，等著無歡說下去。

「你去把那個奴隸殺了，」無歡換了個姿勢，斜靠在王座上，「他一死，就再也沒人知道鮮花盔甲的祕密，大將軍殺王就會變成眞的。」

鬼狼說：「是！屬下立刻執行！」

鬼狼剛轉過身，就聽到身後一聲幽幽的「慢著」。

鬼狼像是突然全身麻痺一般，無法動彈。

無歡笑了，英俊的面容在大殿頂上懸掛的一千顆夜明珠的柔光下顯得更加的完美，他說，噢，我都忘記了，還有你是知道這個祕密的……

鬼狼惶恐的立刻跪下，手指悄悄的比劃出咒訣，隨時準備提防無歡對自己出手，可是，手指剛剛彎曲起來，就被一道電光火石般迅速的白光擊中了手指，像被閃電劈到一般的劇痛讓手指幾乎失去了知覺。

「少在我面前動手動腳，」無歡的聲音在背後傳來，冷酷而詭異的聲音，全天下也只有無歡可以這樣驕傲而目空一切的講話，「不過……我是個講道理的人，雖然你把我交給你辦的事情已經辦砸兩次了，不過，事不過三，如果再有第三次，我就要收回你身上的這件黑影之袍了……」

鬼狼癱軟下去，顫抖著說，「是！屬下知錯了！」

黑夜像水一樣彌漫在馬廄周圍。

入冬之後，黑夜裡的蟲鳴越來越少。

黑夜因爲寂靜而顯得更加龐大。

馬廄裡拴著一匹光明剛剛偷來的馬，自己以前的戰馬被無歡的鬼影千軍陣撕得粉碎，這匹黑馬是剛剛從軍營邊偷過來的。

馬廄的門半開著，裡面的燈光微微的照亮了屋外一小部分黑夜，像是深海中的一隻發亮的游魚，照亮了一小塊的海域。

一堆火燃燒得很旺，潮濕的木柴發出劈啪的聲響，偶爾有火星飛濺出來。

火光映照著高大英俊的將軍光明，他的臉上是剛剛逃亡時留下的傷口。

這是傾城第一次看到大將軍光明的樣子，以前每一次的見面，光明都戴著面具，傾城一直都在猜測著，究竟是怎樣的一副容貌，才可以配得上這個縱橫天下的戰神呢？

而現在，當這張英俊而且略顯得粗獷的面容被火光照亮時，傾城卻有一種微微的心酸泛上心頭，就像是祈禱幸福太久，當幸福眞正到來的時候，卻畏首畏尾了。

「將軍，」傾城走到他旁邊坐在茅草堆上，「把盔甲脫了吧，剛剛你一定受了很多傷了。」

光明笑了笑，一副軍人的樣子，他說，這點傷，沒關係，倒是王妃妳，剛才無歡的陣法實在太厲害了，妳沒有受傷嗎？

傾城微微笑了，笑容在火光的照耀下，顯得格外的好看，這樣一副絕世的容貌，曾經是天下男人的奢望，光明覺得喉嚨有點乾燥，嚥了嚥口水。傾城笑著說，嗯，傷了好多道傷口，不過已經恢復了。

「恢復？」光明困惑地看著傾城。

「嗯，」傾城站起來，說，「將軍把盔甲脫下來吧，我幫將軍處理一下傷口。」

光明低頭，沒有說話，過了會兒，沉默的站起來脫掉了盔甲。

「長袍也脫掉吧。」傾城說。

「我……」征戰天下的戰神，竟然像個十九歲的男孩般紅了臉，「我長袍下面……沒有再穿東西了……」他支吾著說完這些話，臉被火光映照得更加的紅。

「沒關係，我的命都是將軍救的，這有什麼。」

光明沉默了很久，然後解開了腰帶。

完美的線條，肌肉輪廓清晰的包裹著年輕而強壯的軀體。

結實的胸膛，壯碩的手臂，平坦光滑的腹部。

像是一尊完美比例的神像，充滿著美和爆發的力量。

傾城也覺得微微有些臉紅，於是趕忙說，「那請將軍站著別動了。」

她將手指輕輕地靠在嘴邊，念動了咒語，然後，手指往旁邊輕輕一劃——

火堆像是突然輕輕地炸開來，裡面飛出無數的火星，那些火星緩慢的飄浮在空氣裡，像是遊蕩著的海中螢光閃閃的海藻，從火紅色，慢慢變成了幽幽的藍光，這些藍光越來越多，成千上萬的藍色光點將光明的身體包裹起來。

那些藍色的光點在黏上肌膚的一剎那就消失了，像是進入了身體裡面，光明感覺整個身體像是浸泡在清涼的井水中一樣。過了很久，所有的藍色光點全部消失了，火堆又恢復了燃燒，熊熊的火焰將周圍烤得格外溫暖。光明低下頭，驚呆了，因爲身體上所有的創傷，所有的裂口，全部消失不見了，甚至連傷疤都沒有留下，肌膚光滑如同新生。

他說：「這是……」

傾城笑了，她說：「這是蟲術的一種，剛剛你看到的那些藍色的蟲，它們的名字叫『肌靈』，可以快速恢復肉體的創傷，甚至連屍體的創傷也可以恢復——只是不能恢復生命而已，很多有身分的人死後，如果身體受過傷，都會請蟲師來修復死者身上的傷口，希望以完好之身下葬。」

光明若有所思的點了點頭，然後抬起頭來，眼前的景象讓他突然跌坐到地上，他張開了口，半晌沒有闔上，只覺得血液一瞬間朝著身體某個部位衝過去，思想在瞬間停頓了，失去了思考的能力——

因爲面前的傾城，緩慢地褪去了她已經打濕了的羅衫，只剩下鮮紅的內衣，她的肌膚在火光的照耀下像是散發著柔和光線的白玉，身體的曲線像是上蒼恩賜的完美，她拔掉了髮釵，濃密的黑色長髮瀑布般的垂下來，軟軟的貼在肌膚上。

光明動了動喉結，似乎下了很大的決心，才說：「我救妳，不是爲了這個……」

傾城看著光明：「不是爲了這個嗎？」

光明搖頭。喉結上下滾動著。

傾城說，那我更喜歡你了。

黑夜更深了。

天地間什麼都不再剩下。

只剩下彼此的氣息糾纏在一起。

每一寸肌膚在接觸的瞬間都燃起足以焚燒一切的溫度。

潮濕的柔軟吞噬了一切洶湧的欲望。

光明的喘息聲像是某種獸類。

男人其實就是一種野獸。和野獸沒有任何區別。

傾城被光明無可比擬的力量狂風暴雨般的吞噬著。

沒有光線可以照穿如此濃重的黑夜。

一樹海棠花在夜色中悄悄地開放了。

花瓣上被露水打濕。

發出閃亮的痕跡。

極樂宮的背後，是一座陡峭的全部由岩石組成的山脈。

在山的半腰上，是一個巨大的平臺，這是極樂宮的刑宮，廣闊的平臺上，豎立著四根參天的巨大石柱。

崑侖被反綁在刑柱的頂上，離地幾乎一千尺。

他閉著雙眼，像是失去了知覺。

黑暗中，一個身影突然出現在刑柱之下。他舉起手，輕聲地念了一聲，「解禁之術！動！」

黑暗中，一陣旋風疾疾地朝著刑柱頂上捲去，可是，在接觸到昆侖的一剎那，卻撞在昆侖周圍的一道彷彿隱形透明的牆上。

「咒術封印嗎……」這個人低低的念著。

然後他後退一步，反手拔出身後的刀。

像是閃電般地，刀光朝著昆侖捲過去，捆綁著昆侖的繩索在瞬間碎成幾截，昆侖像是斷翅的鳥一樣朝著地面墜落。

這個人舉起手指，「停！」，可是，昆侖下墜的速度沒有任何改變，他這才想起在這個刑宮平臺上，咒術是被封印的，於是趕忙一閃身過去接住了落下來的昆侖。

他看了看四周，然後背著昆侖朝山下跑去。

等跑下了山，這個人才把昆侖放下，然後伸出手，在昆侖臉上隔空撫過。

昆侖睜開了眼睛，他看到面前的這個人，嚇得突然坐了起來。

「你……你是誰？」

救他的人正是鬼狼。鬼狼背對他站著，他的身影在月光下只剩下一個逆光的剪影。

鬼狼說，你可以走了。走得越遠越好。

昆侖望著他的背影，說，你爲什麼要救我？

因爲你是雪國人……

沒等鬼狼說完，昆侖就急促的打斷了他，昆侖的口氣聽起來充滿了憤怒，「你老是講我是什麼雪國人冰國人，我到底是什麼人?!而且，你爲什麼會知道這些？」

鬼狼深吸了一口氣。

已經是冬天了，寒冷在黑夜裡更加的放肆。鬼狼呼出的白氣一團一團地彌漫在空氣裡，「你眞的……想知道麼？」

昆侖用力的點頭。

鬼狼緩慢的轉過身來，他望著昆侖，停了很久，然後說，你跟我來。

鬼狼的黑色長袍突然被一層神祕的光芒所籠罩著，像一道龍捲風一般的朝前疾奔而去，他拉著昆侖的手腕，像一陣模糊的流動的光線朝著未知的方向席捲而去。

原野。沙漠。高山。湖泊。

飛雪。春花。夏日。秋霜。

鬼狼的狂奔化成一道光芒，昆侖籠罩在這層光芒裡，他的肌膚被凜冽的罡風劃出一道一道傷口，胸口被迎面而來的疾風吹得幾乎要呼吸不過來，他掙扎著，幾乎要睜不開眼睛，他從來沒有遇見過如此快的速度。

鬼狼回過頭來，對他說話，聲音因爲狂風的關係而顯得急促而短暫，被風吹散在空氣裡，他說，這是「日光之輪」，是雪國人最快的動術，這僅僅只是剛剛開始加速，沒有達到日光之輪速度的十分之一，我現在要加速了，你抓緊——

然後，在下一個瞬間，周圍所有的景物全部化成了重重幻影，昆侖被全身切割一般的劇痛襲擊得喪失了知覺，他昏了過去。

意識在極度黑暗的深淵中上升。

像是壓迫在深深的海底峽谷。

寒冷和重壓讓昆侖昏迷中像是逼近了死亡的疆域。

慢慢的，慢慢的，昆侖眼前出現了純白色的光芒，柔和的將他整個籠罩在裡面。

森林環繞著鏡面一樣的湖泊。偶爾有飛鳥輕輕的貼著水面掠過。劃出一道漣漪徐徐散開。

高聳入雲的雪山頂上，無數巨大的城堡沿著山朝上錯落的聳立著。

雪國。

沒有白天，也沒有黑夜，有著壯麗的萬千燈火，像是巨大的星象分佈在大地之上，也有璀璨的陽光，明亮的光線照耀著每一寸土地。

突然有人影從身邊掠過，是兩個孩子的樣子。可是，當回過頭，卻消失了蹤影。

昆侖睜大眼睛，才發現，周圍一直有人影晃動著，前所未見的速度，讓每一個行動的人幾乎變成了難以察覺的一團模糊動感的光線，昆侖驚呆了。

周圍的人飛快的移動著，漸漸耳邊出現了笑聲，談話聲，再接著，昆侖慢慢的看清楚了每一個人臉上的表情，全都是充滿著喜悅和幸福。

突然一個小姑娘跑出來，拉著他的手開始輕盈地奔跑，昆侖的雙腳情不自禁地跟著動了，可是他跟不上那個小姑娘的速度，他只能用力的跑著，身邊不斷後退著幸福微笑著的人群，和悅耳的笑聲，他越跑越快……漸漸失去了控制……身體晃動……他張大了口想要呼喊，卻喊不出聲……

昆侖終於仰面跌倒了。

一切在瞬間消失。只剩下頭頂的藍天白雲浮動。

昆侖爬起來，——雪國消失了，只剩下一道年深日久的黑色木籬笆橫亙在無邊的雪地上。

昆侖沿著黑色的木樁在深雪中跌跌撞撞的奔走著，一道同樣殘破的黑色木門出現在眼前，門外的遠處，一根丈高的黑色焦木上，站著黑袍飄蕩的鬼狼，他的長袍翻飛在空中，夾著暴風雪，像是詭異的巨大飛鳥。

鬼狼看著奔走過來的昆侖，沒有說話。

昆侖說，你到底是誰？你怎麼知道我的故鄉在哪兒……我想起來了！我都想起來了！

鬼狼看著遠處，他說，的確，你的故鄉就是雪國，日光之輪，這是唯一一個可以穿越時間的動術，我把你帶回到二十年前，在你五歲還沒有被人拐走變成奴隸之前。

昆侖：雪國在哪兒?!帶我去！帶我去！

鬼狼從黑袍裡伸出手，指著前面的茫茫大雪，說，這就是雪國，可惜，已經不存在了。

昆侖隨著他的手指的方向望過去。

目光所過之處，是黑色的焦木，坍塌的房屋，荒廢的田野被白雪埋葬，頹垣斷壁，滿目瘡痍。

火燒過的山上到處是生命被毀滅後觸目驚心的遺跡。巨樹被燒焦的樹身扭曲著刺破蒼穹，更多的焦木倒在地上，像陣亡者的骸骨。——這裡曾經是雪國的森林。

昆侖問他，你又是誰？

鬼狼說，我是你的同族。只有雪國人，才會天下最快的動術，才能穿越時間，回到過去。

昆侖說，那爲什麼雪國會這樣？……爲什麼……

鬼狼回過頭來，望著昆侖，他一字一頓的說，你眞的要知道麼？

昆侖點點頭，眼中是渴望的表情。

鬼狼轉過身去，沉默著，然後，他緩慢的伸出一隻手，手心朝著面前這一片一望無際的破敗之地，緩緩的攤開了掌心。

眼前的飛雪突然幻化成了衝天的烈焰，一切正在化爲灰燼。

無辜的雪國人，無論男女老幼，全部被捆綁在一排排的木樁上。中間的是壯年。左邊的是老年人。右邊的是孩子們。

背對著昆侖的，是騎在高大的戰馬上的北公爵無歡，和他手下的九十九個動術師。

昆侖突然紅了眼眶，他錚地拔出了鬼狼的刀，朝著無歡衝了過去，可是，卻突然被巨大的看不見的力量反彈回來，胸口被撞出巨大的沉悶的痛感。

鬼狼歎了口氣，他說，沒有用的，日光之輪只能帶你重回曾經的時光，可是，只能看著事情再一次沿著歷史的軌跡發生，卻無法重寫歷史，這就是日光之輪最大的悲哀。因爲它只是帶來了時光倒流的幻象，卻並沒有帶來眞正的時光倒流。

面前的雪國人沉默著，很多人的臉上都流著血。

北公爵無歡陰沉著臉，他緩緩的從馬上下來，然後注視著面前的雪國人。他微微一笑，轉過頭去望著雪國的孩子。

「我再問一次，你們到底要不要將動術的能量轉移給我？」

雪國人全體沉默著。

無歡心裡隱隱有些發怒。可是，他依然是一臉平靜的樣子，臉上依然是俊美得無以復加的笑容，那張年輕的臉龐，竟然和二十年後一模一樣，像是時間在他的容貌上無法停駐。

因爲無歡知道，雖然他可以用吞噬之術強行獲取他們動術的力量，可是，吞噬之術僅僅只能獲得淺薄的能量，無法獲得最精華的最傑出的動術，那是雪國幾千年來最大的祕密。所以，他一定要威脅他們轉移動術能量給他。

「我數十聲，每數一聲，這裡的一個小孩就要喪命，如果我十聲數完，依然沒有人答應，那麼，」無歡面無表情地說，「我就會殺光所有的小孩子，你們雪國，從此也就消失了。」

「十。」

無歡動了動手指，一把匕首無聲地飛向一個小姑娘，小姑娘沉默著倒下了，鮮血在雪地上蔓延開來。

「九。」

「八。」

無歡的長袍飛揚開來，空中兩把匕首再次無聲的朝小孩射去，兩個男孩應聲倒地。

突然，一個穿著雪國服裝的男人從叢林中竄了出來，跪倒在無歡的面前。

「你放了孩子們，我交給你動術的能量。」

「不——」雪國人怒吼著。

一行熱淚滑下昆侖的眼睛。

他的手深深的插進雪地裡。似乎感覺不到寒冷。

「好。我相信你。」無歡看著跪倒在他面前的男人，笑了。

無歡走到跪倒在他面前的男人面前，抬起他的手，伸出手指，在他脈搏處輕輕一劃——

那個男人的慘叫突然爆發，劇痛讓他倒在雪地上掙扎著，可是，從他的脈搏處，洶湧而出無數的透明的絲線，閃著銀色的光芒，像有著生命一般朝著無歡遊走過去，然後，迅速的紛紛朝著無歡的脈搏處鑽了進去。

風雪怒吼，那個男人的慘叫漸漸衰弱下去，銀色的亮絲源源不斷的從他的手腕處洶湧而出，匯進無歡的體內。無歡發出響亮的大笑，他閉著眼睛，臉漸漸變成了詭異的藍色。

無歡心滿意足的睜開了眼睛。看著昏倒在自己面前的這個男人，張開口笑了。

他轉身面對著無數的雪國人，他說，你們也一樣，就算你們不願意，我一樣有辦法。

說完，無歡突然朝著他們伸出了手掌，作出一個鷹爪的手勢，他突然念到，「吞噬之術！動！」

一瞬間，從他的手掌衝出一個更加巨大的黑色的幻影，是一個巨大的彷彿魔爪一樣的幻影，然後，天地間突然充滿了無數慘烈的吶喊聲。

無數透明的像是靈魂一樣的人形從每一個雪國人身上被分離出來，像是被黑色的巨大手掌吸引過去，那些透明的靈魂，源源不斷的從每一個人的身上剝離開來，被無歡吸收。

風雪怒吼。

光線在這一瞬間在天地間消失無蹤。

「來人！」無歡收起他的手腕。

他看著面前全部倒在地上的雪國人，心滿意足的笑了。

一盆清油從一個士兵手中朝著這個男人迎頭澆下，另一個士兵用火把點燃了這個男人身上的油，一瞬間，火苗忽地竄上這個男人的身體。

淒涼的嚎叫聲迴盪在空曠的雪原之上。

無歡丟下一件袍子，他說，這是咒術之袍，全天下三件，是上古蠶神耗盡一生心血作成，你穿上它，就可以活下去，而且，咒術更強，動術更快，比雪國任何人都快！但是，你必須永遠穿著它，作我的奴隸，一旦脫了，你就會化成氣體，連屍首都沒有……你可以選擇，穿上它，作我的奴隸，或者，死。

一滴淚水滑落在那個男人臉上。

「不要穿！不要穿……」昆侖怒吼著。眼淚奪眶而出。

男人披上了黑色的咒術之袍，一瞬間，電閃雷鳴，天空中突然烏雲密佈，天光在一瞬間消失，像是黑夜突然降臨。

那個男人的身體突然像是被魔鬼附身一般地飛速變化著，刺目的火光和硝煙從他身上滾滾冒出，他的皮膚被身體裡急速脹大的肌肉而撕裂，面目扭曲成難以辨認的形狀，嘴裡發出撕心裂肺的嚎叫。

血肉。骨骼。肌膚。頭髮。全部化成碎片。帶著火焰和硝煙散落下來……

瞬間，煙火突然消失。

無歡的面前站著黑袍飛揚的刺客。

昆侖瞪大了眼睛回過頭去。

雪原中，鬼狼的黑色長袍在風中獵獵作響。

他說，你終於知道，我是誰了吧。

7 上 偷天

漫天的飛雪突然消失不見。

崑崙跪在深深的高草中。

大風將高草吹得朝著一個方向伏倒。像是海浪般地，在遼闊的荒草之地吹出洶湧的波濤。

眼前的一切都似乎還停留在那個白茫茫的世界。

只有漫山遍野的起伏的高草提醒著他剛剛的一切都是停留在時光之河的源頭。

而他只是一個小小的奴隸，他沒有辦法讓河水倒流。

鬼狼還是站在他的面前，不發一言。風把他的長袍吹得獵獵作響。

崑崙沒有抬起頭，只是不斷地對他重複的說著，叛徒。叛徒。

叛徒。

鬼狼的聲音聽起來沒有任何的感情，他冷冷地對昆侖說，我沒有背叛任何人，我也沒有傷害任何人，我只是想要活下去。

昆侖咬著牙，抬起頭看著他，眼中是憤怒的神色，他說，活下去？難道你的生命僅僅只是用來活下去嗎？你的尊嚴呢？雪國人的尊嚴呢？

鬼狼冷笑一聲，說，尊嚴？你自己有嗎？奴隸跟我談什麼尊嚴，笑話！

昆侖氣得滿臉通紅，卻找不到反駁他的話。

過了很久，昆侖突然站起來，鬼狼第一次看到他站得那麼挺拔。以前看到的昆侖，永遠是個奴隸一樣蹲在主人腳邊，而現在，鬼狼第一次覺得他是個人。

昆侖說，我走了，我去找光明，我要殺了無歡。

說完，他朝著大風吹去的方向走去，幾乎一瞬間，就消失在地平線下。

昆侖沒有回頭，所以，他也無從知道，站在他背後的鬼狼，呼吸哽咽了胸口，淚水流淌過他猙獰的臉。

鬼狼想，自己終於可以不用再屈辱的活下去了，只是，在死之前，他想要去完成一件事情。

這是他在這個遼闊的天地間停留的最後的時刻之前，唯一想要完成的事情。

荒草洶湧著波濤。

天地間突然空曠一片。

昆侖消失了。鬼狼也消失了。

馬廄外的海棠全部盛開了。

花瓣被風吹落一層又一層，落到地上，鋪展開一地的落英。

傾城咬斷最後一根線，然後抖了抖深藍色的長袍，這是她剛剛作好的衣服。胸口處繡著一朵鮮豔的海棠花，象徵著死亡，但同時，也象徵著光明的大軍。

她拿過去，遞給光明，輕聲說，試試看，合身麼。

光明點點頭，脫下了身上的長袍，他已經不用在她面前避諱什麼了，像是相處多年的夫妻般的默契。

傾城看著眼前挺拔的男子穿上了自己縫好的衣服，心裡蕩漾著一種平凡的幸福。

在那一瞬間，她甚至想要放棄心中的那個祕密了。因爲她覺得，擁有眼前的一切，那麼，其他的都不再重要了。

她把頭靠在光明堅實的胸膛上，聽著光明強有力的心跳聲，她像是睡了過去，眼睛閉著，呼吸緩慢而悠長。她低聲問，將軍，如果叫你放棄你曾經擁有的一切，和我一起逃亡，你願意麼？

光明低下頭，在她額頭上親吻了一下，說，嗯，當然。

溫柔化成柔風，從腳下四散吹開。

夕陽緩慢的沉落下去，光芒傾斜地籠罩著馬廄。

時光緩慢的從盛放的海棠花樹間流淌而過。

人去樓空的王城突然恢復了生機。

因爲，無歡帶著他所有的部隊，帶著他所有的動術師全部住進了王城。

熄滅了很久的宮燈被全部重新點燃，整個王城發出耀眼的光芒，黃色的燈火撐破濃重的夜色，將天空越照越亮，越照越高。甚至星辰的光芒都因此而暗淡下去。

無歡坐在高高的王座上，他現在終於可以不用有任何的顧忌而坐在這個他一直想要坐的位置上了。

他看著跪倒在自己面前的鬼狼，臉上的表情很滿足，就像是眞正的帝王，看著自己的臣子。

無歡換了個更舒服的姿勢斜靠在龍椅上，然後問鬼狼：你是說，昆侖掙脫繩索逃跑了？

是。

你沒有去追？

他跑得太快了。屬下沒有追上。

是嗎……

無歡看著鬼狼，鬼狼低著頭，沒有任何動作。

無歡看了他很久，然後說，你先下去吧。

鬼狼鞠了一躬，說，是。然後就退出了大殿。

鬼狼的身影消失在大門外，無歡突然念動了咒語，一瞬間，大殿內突然充滿了白色耀眼的光芒。九十九個動術師恭敬的肅立在大殿之下，像是九十九個白色的幽靈。他們分成兩行整齊的站在無歡的下面。

所有人都等候著無歡的命令。他們是無歡最忠誠而得力的部下。

無歡說，你們聽著，我剛才交代下的兩件事情，左邊的四十四個動術師，你們作第一件。右邊的五十五個動術師，你們作第二件，現在。立刻。

無歡揮揮手說，去吧。

然後，九十九個白色的鬼影像是風暴一樣捲出大門，消失在空曠的夜色之中。

光明坐在馬廄外的走廊上，傾城躺在地上，頭靠在他的大腿上。

她睡著了。安靜的面容有著平日裡所沒有的美好。像是個純淨的嬰兒一般，沒有任何的防禦。

光明摸摸她的臉，笑容緩慢的在夕陽裡綻放在臉上。

然後，耳邊突然響起一陣轟隆的馬蹄聲。越來越近，越來越響。

傾城睜開眼睛坐起來，然後看到十幾匹高大的戰馬飛馳而來，塵土飛揚著彌漫在空氣裡。

當所有的戰馬都隨著馬的嘶號而停下來後，傾城看清楚了，來的人曾經是光明的部下，也力。

也力沒等戰馬停住，就立刻翻身下來，跪倒在光明面前，他說，將軍！屬下來接您回城！

光明冷笑一聲，說，將軍？你當初捆綁我去獻給無歡的時候，怎麼沒喊我將軍呢？

也力跪下去，用力的在地上磕了一個頭，說，屬下該死，那個時候昏了頭，膽小怕死，現在屬下想通了，光明大將軍您才是天下的主人！所以屬下帶著部隊，來迎接主人回城！兄弟們都在城中作好了準備，現在無歡以爲全天下都是他的了，他在王城裡沒有任何的防範，現在只要將軍回去，我們裡應外合，就能殺了無歡，天下，應該是屬於將軍您的！您才是天下眞正的戰神。

光明沒有說話，沉默著。

他拉著傾城的手沒有任何的動作。

整個人像是雕塑一樣的沉默在夕陽裡面。

也力繼續說，從今往後，我們願意一輩子追隨您，出生入死，萬死不辭！但是，您必須離開這個女人！

光明沒有表情。頭髮被風吹開來。

「王就是被她弄成了昏君。而且她還當著幾萬大軍的面脫衣服。這樣的女人是禍水，將軍您是天下的戰神，鮮花盔甲的主人，您不能和這樣的女人在一起！」

傾城回過頭去，光明逆光中的臉看不出表情，傾城覺得心跳變得格外清晰，撲通撲通地迴盪在胸腔中。

而在最後一個瞬間，她像是突然被拋進了無邊的黑暗，心跳被巨大的黑洞吞噬，整個世界寂靜無邊。

因爲拉著她的手的光明，鬆開了他強有力的手，他回過頭對傾城說，我很愛妳，可是，我也很愛這個天下。如果妳願意等我，我答應妳，我作了天下的王，就馬上回這裡接妳，妳依然是全天下最尊貴的王妃。如果妳不願意等我……也沒有關係。

夕陽飛快的沉到了地平線以下。
馬群揚起的塵埃還沒有全部落定。
海棠花凋零了很多。天地間迴盪著頹敗和絕望的氣息。
冷風慢慢的從夜色中吹過來。帶著寒冷的水氣。將一切蒙上白色的霜。
傾城站在大門口。指甲因爲太用力而嵌進了手掌。
鮮血從指縫中一滴一滴地落下來，滴在木板的地面上。凝固成塊。

她終於轉過身，獨自走向拴馬的馬廄裡，然後，騎著馬離開了。
沒有人知道她要去什麼地方。
在上一刻還是溫柔之鄉的馬廄，突然變得人去樓空。
黑暗吞噬著曾經甜蜜的一切見證。
荒廢的稻草被風吹著滾來滾去。
這一切。都荒謬的消失著。
消失了。

戰馬飛馳在曠野上。

傾城的眼淚被風吹得冰涼。

曾經騎著這匹戰馬的人，現在已經離開了她。曾經兩個人在這個馬背上結同一心的逃亡著，可是，現在只剩下她自己。

視線被淚水弄得模糊。她也不知道自己朝著哪兒奔馳而去。

她擦了擦眼中的淚水，然後看到了路口前方，四十四個白色的，幽靈一樣的人。錯落的，飛快的，變化著方位的四十四個人。

樹上，草叢裡，道路上，朦朧隱約的出沒著這四十四個穿著純白色長袍的人。

他們在夜色中顯得光芒而耀眼。

傾城停下來，心中一片死水一樣的安靜。

她說，不用動手，我跟你們走。

四十四個幽靈般的人影突然朝戰馬飛掠過來，然後一瞬間，又捲動著一團巨大的白光消失在曠野中。

戰馬已經倒地了。傾城已經隨著那團巨大的白光消失。

草叢中突然鬼魅般地飛出兩隻嘶啞地鳴叫著的黑鳥，朝著夜空迅速的閃電般的消失在黑色的浮雲之後。

兵器庫。

月光從高大的窗戶口射進來，照著一排排支架上的盔甲，像是一個個站立著的武士一樣，在月光下顯得格外的陰森。

在這些沒有生命的盔甲中間，一個身影飛快而靈巧地穿行著，像是鬼魅般的悄無聲息。而最後，這個身影突然停在正中間的一副盔甲上。

光明將軍的戰衣，鮮花盔甲。

鬼狼深吸了一口氣。然後回過頭去看了看身後。

沒有人。

沒有人會想到他會來兵器庫。其實就連他自己，也沒想到會作這樣的事情。只是，他不希望再背負著叛徒的名字生存下去了。

他伸出手，去取鮮花盔甲的頭盔。

面具打開了，裡面出現無歡的臉。

無歡的笑容依然完美而且迷人。他說，我等你很久了，鬼狼。

鬼狼在一瞬間朝後飛快的掠去，已經沒有人可以形容那瞬間的動作有多麼迅速，就像是光，從盔甲這裡發亮，然後，幾乎在瞬間，就到達了兵器庫的另外一邊。

可是，這麼快的速度，都依然沒有躲過無歡的出手。

鬼狼的右肩膀被剛剛無歡的一道白光洞穿，劇痛幾乎使他連刀都握不穩。

無歡緩緩地從盔甲背後走出來，他依然是一身輕盈的白色動術長袍，隱約的模糊光芒籠罩著他，讓他看上去像一個完美而年輕的神。

鬼狼看著他，沉默了很久，然後說，我知道遲早有一天要和你一戰，其實我早就不怕了。

無歡說，我也早就知道，你遲早有一天會厭倦作我的奴隸。我也一直在等著這一天。

鬼狼看了一眼鮮花盔甲。然後回過頭來全神貫注的盯著無歡的每一個動作。

無歡並沒有發動進攻，而是站在原地，他看了看自己的指甲，似乎很滿意自己整潔而修長的手指。

也的確，他是可以滿意自己這雙手的。靈巧。力量。速度。都集中在這雙修長而完美無瑕的手上。

他抬起頭，對鬼狼說，我猜，你是想把這副盔甲偷去，獻給你同族的人吧，那個奴隸。

鬼狼瞳孔瞬間收緊，他說，你怎麼知道他是雪國人？

無歡笑了，笑聲迴盪在空曠的兵器庫中，他說，你難道眞的以爲我對雪國人不了解麼？你別忘了，二十年前滅雪國的人可是我無歡，你難道眞的認爲我會傻到以爲那個奴隸僅僅只是「跑得快」麼？天下動術，除了我極樂宮之外，誰還有那麼精純的動術？就連號稱咒術天下第一的千羽樓，也難以抗衡極樂宮的動術。所以，他只會是雪國人……不過，你一定要原諒我，因爲我不能把他給你……

鬼狼：「你……」

無歡把手指放在唇邊，那一刻鬼狼全身的肌肉都繃緊了，不過，無歡只是作了一個「噓」的動作，而不是要發動咒術，他在嘴唇邊上搖晃著他修長的手指，他說：嘖、嘖、嘖……你千萬不要以爲我在乎什麼鮮花盔甲，天下戰神的象徵之類的屁話，這副盔甲，僅僅只是一堆廢鐵……留著它，只是因爲，它是大將軍殺王的證據，有了它，我才能理所當然的坐上王位。

鬼狼說，把盔甲給我，我保證不殺你。

無歡看著鬼狼，憐惜地說，我最器重的手下就是你，可是，你也活不長了。

鬼狼壓抑著心中的惶恐，說，無歡，你也知道我曾經是雪國人，我雖然貢獻你雪國人的動術能量，可是，你並沒有超過我。如果我用盡全力的話，你也不死即傷。

無歡說，是啊。你的確是了不起的雪國人。可是，你忘記了我還有動術之陣吧，當日在金頂之上，你不是也參與了一起發動麼。要知道，在這個陣裡面，你的行動就像個衰老的老太婆一樣，而我，則會迅如驚龍的。

鬼狼說，笑話，動術之陣我最清楚，少了五十個人無法發動。你現在孤身一人，還提什麼動術之陣。

無歡笑了，他望著鬼狼的眼睛說，是嗎?你爲什麼那麼肯定我只有一個人呢?

四下安靜無聲。

月光像水一樣在地上流淌著。甚至恍惚中可以聽到類似流水的聲音。

眼前的無歡安靜，鎮定。依然笑容滿面。

風將他的白色長袍吹動著，微微翻飛，像一朵純潔的月光下的白玉蘭。

鬼狼的心跳越來越快了，胸腔中莫名的不安越來越重。

他突然明白過來了，可是，想逃已經來不及了。

因爲他發現自己的動作，竟然像是被放慢了千萬分之一，他想抬起手，可是用盡了全身的力氣，手才微微地抬起了一點點。

周圍的盔甲全部動了起來。

那些堅硬的盔甲匡匡噹噹的落地，盔甲裡面，站立著五十五個穿著白色長袍的動術師。

鬼狼想張開口，可是，那聲緩慢的喊叫卻久久都沒能從喉嚨裡衝出來。

月光突然被雲朵擋住。

黑暗瞬間吞噬了一切。

王城的大門洞開。

巨大的城門被鏈條拉起。發出乾澀的咯吱聲。

光明和也力的馬隊奔入了城中。

守門的將士見到光明全部跪倒在道路兩邊，進城的甬道被鋪滿了鮮花，甬道兩邊的城牆上，站著的士兵全部手持著光明的海棠旗迎風佇立著。

光明滿意的看著這一切，笑容浮現在他英氣逼人的臉上。

他像是一個帝王般的朝裡面慢慢地走著。

甬道的盡頭，一個人影模糊地站在那裡。看不清楚。

清晨的大霧讓一切都籠罩在虛幻的意象之中。

光明縱馬朝前奔去，卻聽到身後的石門關閉的轟然巨響。他急忙回過頭去，然後發現，也力不見了，剛剛跪倒在道路兩邊的士兵都不見了，城牆之上，那些手持海棠旗的將士也不見了，取而代之的卻是錯落有致高高低低地站著的九十九個著白色長袍的動術師，他們的長袍在清晨的陽光中反射出神一樣的柔光。

光明回過頭去，終於看清楚了甬道盡頭的那個人。

北公爵。無歡。

也力走到無歡面前，跪下，雙手舉過頭頂，光明看到也力手中舉著的正是自己的鮮花盔甲。他覺得胸口一股巨大的壓力壓得自己快喘不過氣來。

無歡揮了揮手，有士兵過來接下了盔甲。

無歡說，謝謝你，也力，你眞是光明將軍的得力部下。

也力鞠了一躬，說，也力其實更願意爲您效勞，爵爺。

無歡揚起頭，笑聲放肆地迴盪在整個燈火通明的王城上空。

「我知道你一定會來的。天下有誰會相信大將軍光明會被一個女人給絆住了腳呢？」無歡停了一下，瞇起眼睛看著光明穿著的衣服，胸口那朵海棠格外刺眼，「……好漂亮的衣服，是傾城的手筆吧。多好的女人啊……」

光明一股血液朝頭頂衝去，一張臉瞬間漲得通紅。

無歡笑了，他憐憫的搖了搖頭，說，不要總是那麼衝動，我不替你擔心，誰不知道你是天下無敵的戰神，大將軍光明啊，可是，總要替傾城擔心吧？要是一不小心她的籠子突然著了火，或者突然結了冰，那……那可怎麼辦呢？

光明整個人僵硬在那裡。牙齦被他用力地咬出了血。

無歡轉過身，說，把他拿下。他要敢反抗一下，就立刻殺了傾城。

宮殿的地窖下九層。光明被鎖在最底層的牢房裡。

這是一座波光瀲灩的水牢。

捆綁他的鐵鏈被無歡下了咒術。

腳被泡在冰冷的髒水裡。

牆壁邊緣，不時的跑過一隻又一隻的老鼠。

牆壁的縫隙裡，有著很多說不出名字的巨大的蟲。

應該是這裡曾經關押過的蟲師留下的。

三年前王城中曾經關押了一百個蟲師。而後來，那些蟲師都離奇的一個接一個地死去。

死的時候，他們每個人身上都爬滿了白色的巨大的蛆，蠶食著他們骨瘦如柴的軀體。

巨大的鳥籠被無歡從極北之地的極樂宮搬到了王城。

對於極樂宮眾多的動術出神入化的動術師來說，這種事情就像是從極北之地帶來一個小盒子般的容易。

傾城再一次的困在這個鳥籠裡。

傾城這次不再驚恐，而是很平靜的站在籠中。

她望著漆黑的蒼穹，誰都不知道她在想什麼。

無歡悄悄的從濃霧中浮現出身影，他站在門口，望著籠中背對著他的傾城，沒有說話。

傾城說，既然已經來了，何必站在那裡。

無歡笑了笑，並沒有追問她怎麼會知道他已經來。因爲，對於一個蟲師來說，探聽消息是最最容易的事情了。天下再難入之境，都有蟲可以飛入。一千隻蟲就是一千隻耳朵。一千隻眼睛。有時候，甚至可以充當一千隻手。

無歡動了動手指，鳥籠的大門打開了。

傾城轉過來，面對著無歡。

無歡心中微微有些驚訝。因爲在他想像裡，現在的傾城，應該是惶恐的，懼怕的，如同一隻受驚的小鹿般癱坐在地上。

可是眼前的傾城，卻像是自己在金頂之上看到的那個駕馭萬人、風華絕世的美人。

傾城臉上容光煥發。美得超出了世間的一切。

無歡竟然看得微微有些呆住了。

傾城輕輕的張了張櫻桃紅般的嘴唇，說，你來幹什麼？

無歡頓了頓，說，我來告訴妳一個祕密。

什麼祕密。

妳所想要朝夕與共的大將軍光明，現在正在我這裡作客。

你！

不用急。他沒死。也沒受傷。只是暫時不能動而已。

傾城轉過身去，頭髮被風吹起來，像一道光亮的黑色瀑布般飛揚在空中，又像是黑色的羽毛般輕盈。

無歡說，眞羨慕你們的愛情啊……可惜……

傾城等了很久，可是無歡已經沒有了要說下去的意思，於是傾城問，可惜什麼？

無歡輕輕笑了一聲，露出俊美的笑容，他說，可惜他的愛情是偷來的。

傾城猛地回過頭來，看著無歡，她一字一頓的說，什麼意思？

無歡說，妳深深的愛著那個把妳從金頂上掉下來接住的大將軍吧？

傾城點點頭。

妳也深愛著那個背著妳朝著天邊逃亡的大將軍吧？

傾城遲疑著，再次點了點頭。

妳當然更加喜愛那個爲了妳連生命都不要而跳懸崖的大將軍吧？

傾城沉默不再說話。

無歡搖了搖頭，然後他抬起頭來，微笑著對傾城說，可惜這些，都不是光明作的。

傾城的身體輕輕搖晃了一下，像是軀體突然被人鑿出了一個深深的洞，然後，力量從那個洞裡像水一樣緩慢地流逝了。她伸手扶住銳利的冰壁，冰稜瞬間就在她手上劃出一道口子，鮮血順著冰面往下流淌，染紅了純白色的千年玄冰。

傾城撩了撩被風吹亂的頭髮，她的面容像一瞬間就衰老了，她問，你說什麼……你再說一次……

無歡收起笑容，厲聲說，我說！作這些事情的，救妳的，帶妳逃亡的，爲妳而去死的人，都不是光明，而是他的奴隸昆侖！就是再一次把妳從籠子裡救出去的那個奴隸！就是用手掰開石門讓妳和光明成功逃走的那個奴隸！而光明！光明什麼事情都沒有作！什麼都沒有爲妳付出過！他只是白白地佔有了妳全天下男人夢寐以求的身體而已！他只是白白地享受了妳的溫情而已！

傾城頹然坐到地上，她垂著頭，頭髮散落下來。

剛剛的容光煥發突然消失不見。像是突然被人抽走了靈魂。

她面前的地面上，突然「啪啪」的滴下幾滴水漬。

無歡看著面前崩潰的傾城，心裡說不出的痛快，報復般的滿足充盈了整個胸腔。可是，卻不知道爲什麼，他隱隱的感覺到內心最柔軟的深處，像是被人扎進了一根刺般的，微微的發出疼痛來。無論報復的喜悅多麼巨大，都無法掩蓋這種心痛。

月色如水的從天空上照射下來。

這輪存在了千萬年的皓月，不知道照過多少人間的悲歡離合。

雲朵飛快的掠過天空。在月光下投出暗影。如同蓮花般的，盛開在天空之上。

隱約可以聽到天空之上亡靈的聲音。他們輕輕移動著腳步。

交替著生死。

傾城回過頭來，臉上是死一樣的平靜。

她對著無歡說，在死之前，我也告訴你一個祕密。

無歡不動聲色地說，妳說吧，很少有我不知道的祕密。

傾城笑了，蒼白的面容在月光下顯得更加的蒼白孱弱。她說，這個祕密，如果我不說，就沒人會知道。你如果想知道的話，就把周圍清理乾淨，我不希望有人能夠闖進來，這個祕密，我只能告訴你一個人。

無歡突然哈哈大笑，笑了很久，才停下笑聲，他說，無論妳搞什麼花樣，妳都已經逃不出我的手心了。妳以爲讓我和妳單獨待在一起，妳就有機會麼？這個牢籠的動術空間封印只要我不解除，妳就算殺了我，妳也無法走出去。

無歡收起笑容，繼續說，我可以答應妳，我倒要看看妳說的是什麼祕密。

說完，他伸開手，舉過頭頂，然後念道，「淨化之地！破！」

突然，從他手上像是湧出源源不斷的透明的水流，一股一股地彌漫到地上，擴散開去，所過之處，地面全部變成銀亮的一片。

無歡放下手，說，好了，現在沒有人可以再進入這個領域，妳可以說了，到底是什麼祕密。

傾城望著無歡，微微的笑了，她說，北公爵，聰明一世的北公爵，你覺不覺得這個空間裡，似乎並不只有你和我兩個人。

無歡微微笑了，可是，笑著笑著，他就笑不出來了。

他的笑容僵死在臉上。

他猛地回過頭去，不知道什麼時候，他的背後站著兩個穿著黑色羽毛編織而成的黑色長袍的人，兩個女人，頭髮被風吹開來，像是遊絲般緩慢的飄浮在空氣裡。她們周圍飄蕩著黑色的一縷一縷的煙霧，讓兩個人顯得神祕而又詭譎。

兩個女人突然朝著傾城跪下，低下頭說：屬下孔雀，烏鴉，參見白翼。

無歡的面部肌肉突然扭曲了。

他移動著僵硬的脖子回過頭去，面前的傾城突然全身爆發出針芒一般的光芒，她的身上突然幻化出千萬根純白色的羽毛，她朝著天空伸開雙手，像是傳說中巨大的白色鳳凰般，張開了丈寬的雙翅。

天空突然風雲巨變。雷聲轟隆的滾過天際。

天邊發出巨大的紅光。一瞬間像是整個大陸雷動起響亮的戰鼓。

突然無數道閃電從空中劈下來，化成蜘蛛網般錯綜複雜的網狀細線般的電光包裹著傾城。

颶風在被無歡鎖定下的淨化之地的空間裡來回地衝撞著，像一條發怒的巨龍。

而一切安靜下來之後，無歡看到的是眼前光芒萬丈的傾城。

全身披著純白得像是北極之雪組成的柔軟的羽毛，拖在地上的部分像是孔雀尾巴上的長長的翎毛一般的白羽，雙翅柔軟地貼在身體兩側。

每一根羽毛都發出一絲一絲帶著白色毫光的光芒。

她微笑地看著無歡，嘴唇沒有張開，空氣裡卻清晰地傳來她帶著回聲的話。像是神諭般縹緲而遙遠。

她說，現在，你可以看看，白翼眞正的千羽之衣，究竟是什麼樣子了。

7 下 換日

夜已經很深了。

王城一片安靜。九十九個動術師沉睡在他們各自的房間裡。

沒有人知道他們的主人無歡現在多麼的需要他們。

玄冰打造的鳥籠沉默的安置在空曠的空地上。巨大的雲朵從鳥籠頂上的天空裡急速的掠過。

無歡看著眼前披散著白羽的傾城，手指用力的握緊，指甲嵌進肉中。

他說，妳就是白翼？

傾城沒有張口，依然一臉平靜的微笑，聲音從不知名的地方傳來，帶著濃重的水氣，是的，我就是白翼。我以爲你當初送千羽衣到王城的時候，已經查出來我就是白翼了，那個時候，我在王邊上的帷幔後面，已經隨時準備要出手了，因爲我不想你當著那麼多人的面，講出這個祕密。因爲……我還有我的計畫要做。

無歡咬了咬牙，英俊的臉上籠罩著一層寒霜，他說，看來我應該早一點殺了妳！

傾城說，早一點殺了我？你以爲，沒有我的幫助，你可以那麼順利地進入王宮麼？

無歡微微有些驚訝，他說，妳幫我？

是的。我幫你。在你還是用浮橋那個身分住進沉月軒的時候，我就吩咐下去了，讓她們盡全力協助你，殺光所有沉月軒中的人。

無歡：沉月軒?!

傾城：是的，沉月軒。你應該不知道沉月軒這個客棧，其實就是千羽樓的第七樓吧。本來知道這個祕密的你的手下，也死在了畫眉手裡。

無歡閉上了嘴。沉默著。

傾城笑了笑，說：所以，你就更加無法想到，千羽樓的第一樓，竟然是這個金碧輝煌的王宮吧。

傾城繼續說，我甚至調走了現在跪在你身後的這個孔雀。其實說實話，如果你要殺孔雀的話，沒有你的九十九個動術師幫你，也會是一件很費力的事情。可是，我還是讓她們不准動你分毫。甚至，畫眉幫助你改變了你的容貌，雖然你殺了畫眉讓她沒辦法告訴我這個事情，可是我後來還是知道了。

我本來就沒打算瞞著妳。

可是，你不覺得，光明會在選擇人選的前一天突然離開王城，出發去蠻荒之地太巧合了麼？你不覺得自己太順利了麼？

無歡變了臉色，他說，這也是……妳做的？

當然，不是我看不起你們極樂宮，只是，全天下能夠用咒術抗衡軍隊的人，除了千羽樓的咒術師，我不相信還有其他的人。

那些暴動的蠻人都是妳的咒術師？

那倒不是。而是鸚鵡可以控制成千上萬的野牛，她是最好的神語者，這些野牛，就是所向無敵的軍隊。

果然是妳。

而且，你以爲僅僅憑你所派出去的鬼狼一個人，就能殺得了光明麼？如果不是我早就叫蒼鷺去半路設下黑羽之陣，就憑鬼狼，說不定早被光明殺了。所以，你才會收到我傳給你的咒術符紙，叫你見到光明，立刻丟掉手中的武器。否則，死在奴隸昆侖手上的人，就不是王，而是你了。

傾城說到奴隸昆侖的時候，聲音微微地像是盪出了漣漪。一些隱約的感情在瞬間消失無蹤。

無歡皺了眉頭，他說，妳從那個時候就知道殺王的不是光明？

傾城搖搖頭，說，我不知道，我只是接到蒼鷺的信號，她叫我「千萬不要拿任何武器」。當時我並沒有明白這是什麼意思，只是我知道，蒼鷺絕對不會傳一個這麼沒用的信號給我。所以，我爲了幫助你，也將同樣的信號傳遞給你。只不過蒼鷺還是死了……是你派鬼狼重新回去殺她的吧？

無歡搖搖頭，說，我沒有叫鬼狼殺過除了光明之外的人。

傾城低低的歎了口氣，說，無所謂了。人已經死了。何況，她已經完成了她存在的價值。

無歡說，所以，在金頂上，幾萬軍隊全部被妳控制，並不是妳的美貌，而是妳施展的絕世的咒術？

傾城輕輕的笑了，笑容在她臉上像是透明的漣漪徐徐散開來，她說，可以這麼說。其實，絕世的美貌又何嘗不是一種最高超的咒術呢？

那麼，王一直砍妳，也沒有砍中，也是妳的咒術嗎？

你很聰明。那個時候，我已經對他用了光之剝奪與聲之剝奪，所以，他眼前其實是一團雜亂的色澤，耳邊是嘈雜的巨響，他怎麼能砍得中我。

原來妳一直都隱藏著自己。

是的。因爲我一直不知道你和光明最厲害的是什麼咒術。我只知道只要你想要什麼人的命，幾乎就沒有人可以活得下來。可是，僅僅只憑日晷逆照似乎不能稱霸天下吧。就算是你後來在我和光明逃亡時使出來的鬼影千軍陣，只要我用全力的話，依然不可傷我分毫。所以，我就一直在等。等著你最厲害的手段。然後，我終於明白，你最厲害的，其實是你的動術之陣。雖然你的任何咒術我都可以破解，可是，在你的動術之陣裡，沒等我念完破解之法，恐怕早就被你快如鬼魅的速度給撕成了碎片吧。

無歡沉默著，看著眼前似乎無所不知如同神般存在的傾城。

所以，我才會讓你自己把自己隔絕在這樣一個只能出不能進的淨化之地裡，你的召喚術也無法將你的動術師們召喚過來，因爲淨化之地是你自己佈下的，半個時辰之內不會消失。

無歡壓抑著身體發出的無法控制的微笑顫抖。他問，妳到底是爲了什麼，而一直幫我。

傾城說，那說說看，你到底是爲了什麼，才那麼想殺王呢？

無歡說，天下的男人，都想要王位。你不要問這麼白癡的問題。

傾城笑了笑，她說，同樣的道理，其實天下的有些女人，也同樣的想要王位。

無歡驚訝的張開了嘴巴半天，然後才闔上，接著他哈哈大笑，似乎不能忍受一個女人說出想要王位這種話來。

無歡說，妳想要王位的話，直接殺了王不就行了嗎？我是因爲無法突破光明的白光結界才一直沒有辦法，可是妳整天待在帝王身邊，憑妳的咒術，王死一千遍一萬遍都夠了。

傾城說，的確，憑我的咒術，王死多少遍都夠了。可是，王死後，你就成了全天下唯一一個還有王族血統的人，所以，王位無論如何也輪不到我坐。所以，只有你這個唯一具有繼承權利的人喪失掉你的繼承權利，我才可以攀得上去。而讓你失去王位，就是要讓你在眾人的眼光之下，親手殺了王。殺王的人，是無論如何不能繼承王位的。然後，等王死後，我就可以光明正大的對你出手，那個時候，沒有人會在乎我為什麼突然有了那麼高的咒術，所有人都只會把我看成一個討伐逆臣的英雄。

傾城頓了頓，說，可是，卻被半路殺出來的奴隸，打亂了我的全部計畫。

無歡笑不出來了。他問，妳為什麼那麼想要得到王位？妳不是已經擁有了一切麼？妳得到了帝王，不就已經得到整個天下了麼？

傾城搖了搖頭，她說，在我很小的時候，我從一個叫滿神的手中看過我的無極……

無歡張大了口，他說，無……無極？他的表情怪異的凝固在臉上，像是聽到了從來沒有聽說過的事情。

傾城說，我也沒有辦法對你解釋什麼是無極，你也不用知道。我的無極裡說，我這一輩子，註定得不到男人的眞愛，雖然可以依靠男人得到一切，最美的宮殿，最美的衣服，最好的美食，可是，這一切，都是出自於男人對我的迷戀，當迷戀消失，那麼，這些都會消失。

無歡聽得傻了……

傾城繼續說，像是根本沒有無歡這個人，她說，所以，我不惜做任何的事情，我要成爲天下的主人！我要證明給滿神看，我那些所有的一切，所謂的最美的衣服，最好的宮殿，所有人的朝拜，我都可以完全憑藉自己的力量去實現它！而不用依靠男人對我並不眞心的愛！

無歡望著傾城，像是看著一個他從來沒有看過的人一樣。

傾城背對著他，臉上早已淌滿了淚水。

大風停止了。

淨化之地籠罩著的這個鳥籠格外寂靜。

鳥籠的正中是白衣如雪的無歡和更加白色光芒的傾城，在傾城背後，垂手站立的是傾城最得力的兩個部下，孔雀和烏鴉。兩個人被黑色的羽毛之衣籠罩著身體，像是要融進身後巨大的黑暗裡去。

傾城盯著無歡，她的面容依然完美而光芒浮現。

她說，北公爵，你現在有兩個選擇，第一，殺了我們三個。

無歡動了動腳，站成了一個防禦的姿勢，他問，第二個選擇呢？

傾城的頭髮突然被風吹起，她說，第二，讓我們殺了你！

傾城縹緲的聲音還依然浮動在空氣中。可是，巨大的矩陣空間已經嗡的一聲籠罩了整個鳥籠。

當矩陣透明的空間邊緣擴散開來穿越無歡的身體的時候，無歡竟然被這種無形之壁撞得撼動了身形。無歡心中驚訝萬分，因爲，一般人的矩陣空間，都僅僅只是一種能量，而無法有實體，可是，傾城的矩陣空間，竟然像是有著厚度和重量的眞實的牆壁一般，將自己的胸膛撞出沉悶的疼痛來。

無歡突然向上一躍，然後倒翻了一個跟斗，當他頭向下倒著懸掛在半空的瞬間，他突然念動了咒語，一瞬間，七個白色的身影從半空鬼魅般的倒竄下來。

七個無歡，沒有任何差別。

每一個都是純白色的長袍，從地底漩渦般衝上來的風將他們的頭髮吹起來，朝著上方飛舞。

「鬼影千軍陣！動！」

一瞬間，無數的刀劍，戰馬，盾牌，長矛，將士，骷髏，各種各樣的東西從七個白影前面突然洪水爆發般的席捲出來。

傾城突然說「退後！」然後將烏鴉和孔雀拉向自己的身後，自己卻突然張開巨大的白翼雙翅朝前迎上去。

在傾城快要接觸到那些重重的鬼影的時候，她的翅膀突然旋轉起來，然後朝著剛剛的相反方向，跟隨著那些鬼影一同朝前，甚至像是帶領著那些鬼影朝著烏鴉和孔雀席捲過去。無數拉長的模糊的白光纏繞著，將那些鬼魅般的影子包裹著朝前席捲，地面飛砂走石，鬼哭狼嚎的聲音刺穿耳膜。

在快要撲到烏鴉的時候，傾城突然大吼一聲「收！」然後整個人朝著邊上掠開。一瞬間，烏鴉的面前只剩下那些無堅不摧的鬼影呼嘯著撲來！

烏鴉將手放在嘴唇邊上，大吼一聲「黑洞吞噬！破！」

突然，烏鴉的嘴唇消失了！然後，一整張臉都消失了！剩下一個巨大的漩渦般的黑洞，幾乎佔領她的整個腦袋。

傾城雙翅一揮，那些白色的光芒籠罩著鬼影，源源不斷的被那個巨大的黑洞吞噬著。

無歡都沒有看清楚究竟是怎麼一回事，就突然看到一陣強大的不能正視的白光朝自己吞噬而來，他剛想躲避，可是，一瞬間就消失了知覺。

然後突然間，所有的聲響都消失無跡。

鳥籠中，無歡倒在地上，嘴邊流著一道鮮血，已經凝固了。他閉著眼睛，口中發出痛苦的呻吟。

烏鴉和傾城站立在鳥籠的另外一邊，倒是剛剛一直躲在背後的孔雀，跪在地上，頭低著，面前吐出了一大灘黑色的膿血。

傾城走過去，問，沒事吧？

孔雀搖搖頭，勉強著站了起來，她說，還好剛才有主人的神之白翼將那些鬼影困在最小的空間內，不然，殺傷力遠遠不只這麼小。

原來，剛剛烏鴉的黑洞只是一個通道，而真正承受和吸納那些鬼影的，卻是烏鴉身後的孔雀。

傾城說，我們走吧，無歡已經沒有什麼力量了。我們現在去殺光那九十九個動術師。

走到鳥籠的門口，傾城輕輕地揮了揮手，鳥籠匡噹一聲開了。

傾城朝外面走去，在即將跨出大門的時候，卻突然像是撞到了一面透明的牆壁上，被重重的彈了回來。

身後的烏鴉和孔雀發出驚恐的聲音，「主人沒事吧？」

傾城搖搖頭，說，沒事。

她回過頭去看倒在地上的無歡，無歡依然呻吟著，嘴中還是向外冒著血。

傾城緩慢地朝前伸出手，貼在那層透明的牆壁上，她的手掌與空氣接觸的地方突然放出白光。她皺著眉頭，像是感受著手中的能量，過了很久，她放下了自己的手，白光漸漸衰弱下去，消失在空氣裡。

她低低地歎了口氣，說，我破不了。這個囚禁的陣法只能從外面破解。裡面的人，無法解除封印。

傾城說，烏鴉，妳去把他救醒，他肯定不僅僅是設下了只出不進的淨化之地，他肯定在這個鳥籠的空間裡，還動了別的手腳。

烏鴉低著頭說了聲「是」，然後，她慢慢的走到無歡身邊，伸出手掌，掌心向著無歡的身體，懸空地在他的身體之上遊走了一遍。

然後，無歡發出一聲大大的呻吟，清醒過來。

「妳爲什麼還不走？」無歡坐起來，擦乾嘴邊的血。他望著傾城，臉上那種桀驁不馴的神色已經消失，只剩下受傷的野獸般可憐卻又頑固的表情。

傾城沒有轉過身來，只是冷冷的說了一句，這要問你。你不想死的話，就快點破除這個結界。否則，我就只能殺了你，來解除這個空間的封印了。

什麼封印？無歡的臉在瞬間變得煞白。

傾城猛地回過頭來，她望著無歡慘白的臉，突然恍然大悟般轉過身去。

然後，悠揚的琴聲從對面遙遠的金頂上傳來。琴聲中，是低沉的，帶著濃重的磁性的聲音在吟誦著詩篇。

「天下風雲入崑崙，」

玄冰的鳥籠在空曠的宮殿前面，像是一個渺小的牢籠般靜默著。

「幾世人生幾世塵，」

月光緩慢地在空曠的前庭院移動著，將王城無數的高大輝煌的建築影子投射到這一塊巨大的漢白玉鋪成的空地上。

「紅日銀月流星動，」

周圍沒有飛鳥的聲音，空氣中除了清晰的琴聲外，什麼聲音都聽不見。整個王城像是一座死亡之城般安靜。

「日晝光明滿乾坤。」

對面金頂上，穿著鮮花盔甲的大將軍光明，盤腿坐在金頂的金燦琉璃瓦上，月光將瓦片照射得反出一片耀眼的銀白色，將光明籠罩在裡面，像是眞正的戰神。

而突然一晃，金頂上的人消失了。

而下一個瞬間，他已經坐在鳥籠周圍突兀而起的玄冰之上。

他看著腳下困在鳥籠中，像是困獸般的傾城和無歡，他的笑容充滿了自信和得意。

無歡突然站起來，他朝著光明說，這不可能，我明明把你關在……

光明沒有看他，輕輕的撥動著琴弦，悠揚的琴聲在空氣中震盪出漣漪，是古戰曲，蒼涼的曲調迴盪在王城寂靜的上空，如同蒼鷹般盤旋著。他說，你以爲，憑你的那幾根破鎖鏈，憑那個水牢，就可以鎖住我光明麼？

無歡握緊了拳頭，他說，難道你敗在我手上，被擒住，都是裝出來的？

光明搖了搖頭，一臉惋惜的發出「嘖嘖」的聲音，他說，你明白得未免有點太晚了。

無歡貼在鳥籠的壁上，英俊的臉上彌漫著憤怒的表情，他衝著光明吼，你爲什麼要這麼做?!

光明繼續彈著琴，頭也沒有抬，只是低聲的回答著，和你們一樣，我也希望成爲天下之王。

傾城朝前走了兩步，她的聲音依然冷靜而且遙遠，她問光明，你爲何一直到現在才動手?你不是最有機會殺王麼?爲什麼要等到現在?

光明搖著頭，口中是響亮的「嘖嘖」聲，他抬起頭，望著傾城，說，如果我不等到現在，又怎麼能消滅掉極樂宮的主人北公爵無歡呢？又怎麼能知道誰才是神祕莫測的千羽樓的主人白翼呢？

傾城問，你早就開始懷疑我了？

光明說，也不是很早，但也不是很遲。只是，直到妳用咒術迷惑萬千將士的時候，我才比較肯定你就是千羽樓的首領白翼。別人不知道，以爲是妳傾國傾城的容貌，可是，對於咒術能量的變化，我光明最爲了解。要知道，當時妳所迷惑的萬千將士裡，我就站在人群當中呢。哈哈！

傾城睜大了眼睛，不相信的說，不可能，那個時候，你不是應該被蒼鷺圍困在她佈下的黑羽之陣裡嗎？你當時怎麼可能在王城裡？

光明冷笑一聲，說，黑羽之陣？笑話，在天下陣術第一的我面前，那僅僅只是小菜一碟。

傾城咬著牙，說，是你殺了蒼鷺？

光明說，沒錯。而且，蒼鷺臨死前發出的黑鴉，我已經洞察到是叫她的主人千萬別拿任何武器，因爲我叫昆侖殺的人是拿武器的人。所以，就算妳不是白翼，妳僅僅只是個會蠱術的王妃，憑妳的身手而言，怎麼可能容忍王這樣一個凡人舉著刀殺妳，妳早就奪過他的刀像是奪過三歲兒童手中的木棍般容易了，而且，就連不可一世的北公爵，也丟掉了手中的白色之劍，一副任人宰割的樣子。所以，我知道，王妃妳一定就是白翼。只是，那個時候，我還以為你們千羽樓和極樂宮已經聯手起來了，我心裡還擔心了一下。可是，事實證明，你們遠遠沒有那麼聰明。

傾城說，可是，那個時候你為什麼不站出來，那樣，你就可以當著全天下的面，把我和無歡的真實身分揭露出來，那樣，不是正合你的心意麼？

光明說，可是如果那個時候我就出來的話，我又怎麼能讓你們兩個互相殘殺而我坐收漁翁之利呢，要知道，無歡的動術之陣，連我也是很懼怕的。所以說，妳空有一副完美的面容和天下男人都想征服的完美的軀體，可是，卻有一個裝滿了無知的腦袋。

「放肆！」「你給我住口！」

烏鴉孔雀和無歡幾乎同時吼出來。

烏鴉和孔雀突然朝著籠外的光明伸出手指，一道光芒纏繞著從指尖射出來，像是一隻銀白色的飛鳥朝著光明飛去，可是，卻在瞬間反彈回到她們兩個自己身上，「砰砰」兩聲，兩個人倒在地上，口中吐出鮮血。無歡伸出的手硬生生的停在空中。

光明在外面彈著琴，像是對籠中的一切不聞不問，半晌，他才說，不要浪費力氣了。在這個「禁神之陣」裡，所有的咒術能量都是只進不出。所以，只有我對你們出手，你們沒有任何的還手之力。

傾城咬著牙，沉默著。

然後，她說，我明白了。這一切都在你的計畫之中，對吧。

光明笑了笑，沒有回答。

傾城說，我派鸜鵒去幫助蠻人叛亂，你明知道是有人故意調你離開王城，可是，你卻依然去了，因爲你知道，在你離開王城的時候，一定會有人抓住這個千載難逢的機會下手的。

光明點點頭，微笑著說，繼續說。

傾城說，所以，蒼鷺也是你殺的？

光明說，是的，她以爲她的陣法無人可破，可是，她卻忘記了，我光明征戰天下，靠的就是各種各樣的陣法，論起來，我算是她的陣法祖師了。

傾城說，然後，你故意丟下我而去，讓我再一次重新感受到男人不可相信，於是促成我決定重新回去殺了無歡，奪取王位。

光明：是的，就像妳需要借無歡的手來殺掉王一樣，我也必須借妳的手，來殺掉這個擁有王位繼承權利的人。

無歡像是想到了什麼一樣突然笑了，他說，光明，你的死期到了！然後，他突然豎起手指，念動了咒語！

滿天像是墜落下無數的白色的流星！九十九道光芒從天空不斷地墜落下來。帶著模糊的拖長的光芒。

光明像是沒有看見一樣，依然繼續撫著他的古琴，而無歡的臉因爲興奮而放著光。可是，那些白色光芒，在墜地的瞬間，卻接二連三不斷地發出「啪啪」的沉悶的聲音，像是骨頭從高空摔落地面發出的骨肉碎裂的聲響。當九十九道光芒全部落到地面的時候。無歡看到地上躺著的九十九具穿著白色動術長袍的屍體。

無歡說，你！

光明輕輕彈著琴，他說，沒錯，都是我殺的。而且易如反掌。

說完，他用力在琴上一劃，一道尖銳的弦音破空而出，所有動術師的屍體上「嘩」地爆開一道一尺長的刀鋒砍過一樣的裂口，可是，因爲都是已經死亡的屍體，已經沒有鮮血可流，所以，只有傷口處朝外翻出來的白色的肌肉。

烏鴉跪下去捂住了嘴。

傾城說，卑鄙。

光明站起來，收起琴，他盯著傾城，說，卑鄙……妳和我不是一樣麼？

光明的身影已經消失在視線的範圍內。

整個王城留下寂靜的琴音，似乎還迴盪在空曠的夜色裡。

傾城回憶著剛剛光明離開前的最後一句話，「妳不是和我一樣麼」，心裡像是被千萬把刀來回緩慢的切割著。她抬起頭，看著浩瀚的月色，喃喃自語的說，難道我眞的也和他一樣卑鄙麼……

無歡走過來，望著她，說，妳不是。我救妳出去。就算死，妳也只能死在我的手裡，妳是我的，我不允許別人殺了妳。

傾城望著眼前像是年少的男孩似的無歡，眼裡是閃動的亮光。她笑了，然後搖了搖頭。她說，你不明白的。你不知道無極的可怕。

無歡轉過身，什麼都沒說。

他走到鳥籠旁邊，然後伸出手，朝著籠子外的空間插過去。

他的手接觸到籠子的邊緣，突然冒出嘶嘶的白氣，他手指上的肌膚在瞬間腐爛，露出蒼白的骨頭，可是，他咬著牙，發出野獸般的怒吼，朝著外面更加用力的伸過去。

傾城回過頭，用力一揮手，無歡朝後面重重的摔回來。

傾城走過去，舉起右手，將一團白光籠罩在他的手指上。骨頭上消失腐爛的肌膚緩慢而神奇的恢復過來，像是新生的肌肉般完整。

無歡看著眼前的咒術驚呆了，他現在才知道，白翼的咒術有多麼不可思議。

無歡低下頭，說，我只是想把手伸到籠子之外，然後，就可以在外面使用咒術能量破解這個封印後的空間了。

傾城搖了搖頭，低聲歎息，你不用浪費力氣了，行不通的。就算你的手出去了，念咒者的身體還在裡面，力量依然無法傳遞出去。

而這時，突然一個模糊的身影嗖地出現在籠子頂上，無歡和傾城朝上面望去，月亮的逆光下，是傾城熟悉的那個剪影。

昆侖。

無歡憤怒的罵了聲「白癡」，然後坐在地上。

傾城歎了口氣。

已經教了很多次破解這個「禁神之陣」的方法，可是，昆侖的手指永遠不聽使喚。烏鴉和孔雀早就放棄了。而傾城在最後一次嘗試後，也對昆侖死心了。

唯一來的一個救星，卻也只能站在籠子之外看著他們。

昆侖抓著鳥籠的冰柱，一雙眼睛充滿了內疚。可是，他卻無法用語言來表達內心的愧疚。他是奴隸，他不太善於講人類的語言。

可是，傾城看著他的時候，發現，他雖然還是沉默不說話，卻已經完全不是以前的那個奴隸了。他穿著雪白的衣服，頭髮乾淨的紮在腦後，露出了他英俊而氣宇軒昂的臉。星辰一般的雙眸閃動著奪目的光芒。傾城看得微微有點呆了。

無歡的聲音從她背後傳來。

「他終於恢復雪國人的樣子了。」

而傾城突然露出了笑容，她說，我們可以出去了。

昆侖按照傾城教給他的方法，輕易的就變出了傳遞資訊的黑鴉，他看到自己手中突然騰出的黑色煙霧時像個受驚的獸般叫出了聲，然後，那團煙霧在他手中突然凝固成一隻閃電般的黑色飛鴉，朝著天空疾射而去。

傾城望著消失在天空上的黑鴉，她說，現在我們能做的，就只有等了。

話音還飄在空氣裡，籠中的所有人，耳邊都傳來一陣嗡嗡的雜亂的聲音，是從很遙遠很遙遠的天邊傳過來的，若隱若現，幾乎分辨不清楚。

可是，這種聲音越來越大、越來越響，到最後，幾乎變成了震耳欲聾的巨響。

無歡和烏鴉孔雀捂住耳朵抬起頭。

血紅色的天邊，出現黑壓壓的一片黑點。然後越來越近、越來越近。

看清楚了。

是成千上萬的飛鳥。幾乎遮雲閉日般的從天邊飛過來。然後，像是被狂風席捲著的烏雲朝著地面翻滾下落。

無數的翅膀交疊的聲音啪啪的迴盪在王城之上。

無數的黑影降落在巨大的玄冰鳥籠周圍。

一千隻飛鳥降落在空曠的王宮前庭。

所有的人一起跪下，對著傾城說，屬下救主來遲！

傾城和無歡還有孔雀、烏鴉，從鳥籠裡走出來。

像是逃出升天一般。

傾城抬起頭，看著頭頂流雲疾走的天空，突然覺得，所謂的王位啊，朝拜啊，錦衣玉食啊，這些，就像是浮雲一樣。

她突然明白了她想要的是什麼。

她回過頭去望著昆侖，正好迎上昆侖熾熱的目光。昆侖低下頭，可是，依然無法掩蓋他挺拔的身姿。

傾城走過去，站在他面前，開口說：你願意……

話音剛出口一半，就突然詭異的消失在空氣裡。

傾城還沒明白過來是怎麼回事，就看到整個空曠的廣場上，黑色的大霧從腳底像是地獄的鬼魂般騰騰升起。等她突然明白過來這是怎麼一回事的時候，她已經來不及告訴她的手下了。

她趕快念動咒語，「傕城之風！破！」

然後，她周圍的那些黑霧在一瞬間被吹散，可是，巨大的狂風卻無論如何無法再朝更遠的地方吹去，就像是被那些黑霧阻擋了道路般，只能圍繞著他們幾個旋轉怒吼。那些本該被風一吹就散的黑霧，卻像是有著無法驅散的重量，將這些風包裹在一起。越壓越近，越壓越小。

而那些被黑色的濃霧沾身的千羽樓的咒術師，都被那些黑色的鬼魅般的大霧捲了進去。

傾城周圍的光線被吞噬乾淨，眼前能見度幾乎為零。耳邊只能聽到從那些濕答答的濃霧中傳來的像是野獸吞噬骨頭般的喀嚓的聲響，和無數咒術師令人恐懼的慘叫。

一瞬間，整個廣場上空都是這種像是地獄冤鬼般的淒厲的叫聲。

傾城控制著旋風的手都在不住的顫抖。因為她知道，他們面對的是什麼。儘管她無法相信。

烏鴉背靠著她，協助她控制這些被壓迫的越來越小的風流，儘量不要讓周圍唯一剩下的空間被這些黑霧吞噬。

孔雀用顫抖的聲音說，這是傳說中的……神之死域麼？

然後，壓迫著傾城氣流的黑霧突然移開了重量。

傾城唇邊流下一行紅色的血。

無歡手指移動到唇邊，然後飛快地在他們周圍召喚出了「極動之光」！一瞬間，所有的人都被籠罩在這一層白中透出藍色的圓形光球裡。光芒也在瞬間照亮了他們四周。

黑色的大霧已經成形，變成了矗立在廣闊的前庭上的道又一道高不見頂的黑色的牆壁，無數的牆壁將整個廣場分隔成了一個巨大的迷宮。無歡他們現在處在一條冗長得幾乎沒有盡頭的甬道裡。兩邊是幾乎觸手可及的濃霧組成的牆壁，身後也是牆壁，只有朝前一條路。

那些矗立著的黑霧之牆，像是豎立著的一面黑色的黏稠的池水，高不見頂，牆壁朝著天空筆直延伸上去，看不到盡頭，黑色的像是池水一樣的濃霧裡面翻湧著無數巨大的黑色氣流，像是無數的巨蟒。濃霧變幻著樣子，起伏湧動，模糊著周圍的現實感。

耳邊是汩汩的水流之聲。和遥遠不知名的地方傳來的凄厲的鬼叫聲。

無歡望著周圍持續翻滾不斷變化著的黑霧，問，什麼是「神之死域」？

傾城擦乾了嘴邊的血，說，我剛剛一直以爲，光明說在陣法方面他算蒼鷺的祖師了，我以爲他只是一個比喻，可是，沒想到，是事實。無歡，你應該記得蒼鷺去阻攔光明的時候佈下的黑羽之陣吧。

無歡說，我知道，鬼狼回來告訴我了，說那是他遇到過最厲害的陣法。如果不是他周圍的陣法突然消失了，他絕對走不出那個陣法的領域。

傾城說，可是，蒼鷺的那個黑羽之陣如果和眼前的陣法比較的話，黑羽之陣，就像是三歲的小孩在光明面前玩的遊戲。黑羽之陣是用「靈」來控制的，神之死域也是一樣，可是，黑羽之陣只分爲朱雀、玄武、青龍、白虎、蒼穹、黃泉六個靈，而神之死域卻是分成金木水火土五門，每一門下按照八卦方位再分，一共是四十個靈，整個大陣是用四十個靈來控制的，威力巨大無窮。傳說就連神困在裡面，也一樣是死……因爲這個陣法本身就是活的，它就像是一個千萬年不死的咒術師一樣，這個陣法本身就會施展所有的咒術……神之死域，在所有的咒術師心中，都是禁忌的咒術，而且早就是失傳的陣法，就像是傳說中的神話一樣，是不存在的……可是沒想到，光明竟然會……

昆侖望著傾城，說，那，怎麼出去？

傾城搖了搖頭，說，和黑羽之陣一樣，只有死亡可以終止陣法。可是，和黑羽之陣不同的是，神之死域需要陣法中的人……全部死亡，或者施法者停止，才能終止。

光明斜倚在金頂之上。

他看著腳下廣場中被黑色大霧交錯分割成的巨大的迷宮發出了得意的笑容。

他知道他們看不見他，可是，他卻可以看得見他們。

他像是控制著棋盤的棋手，而他們，卻只能是困在迷宮樣的棋盤中的，可憐的棋子。

他揮了揮手，「金門，離三位，震四位，音感吞噬。」

黑暗中，詭異的聲音帶著回聲，從遙遠的地方傳回。

「確認。金門，離三位，震四位，音感吞噬。」

無歡控制著光亮，小心的照顧眾人躲避著不斷變換方向和位置的迷宮之牆。

他說，我們可以朝前走，因爲前面……

話音突然詭異的消失在空氣裡。無歡覺得奇怪，又說了幾句話，可是，自己的聲音就像是被巨大的海綿完全吸收了一般沒有任何聲響。

無歡突然才發現，周圍的一切都安靜的過了頭，他用力地踏了幾下地，可是，地面沒有任何的聲音。整個黑暗的世界寂靜一片，他轉過頭來，剛剛想對傾城說話，可是他卻睜大了眼睛，張著口，一個字都說不出來——

傾城望著眼前突然露出像是看見鬼魂般恐懼的表情的無歡，張開口想要問他到底怎麼了，可是，一開口，發現自己說的話竟然完全沒有聲音，她再朝無歡的臉上看去，看見無歡的瞳孔劇烈地收縮著，像是被厲鬼掐住了喉嚨，傾城突然反應過來，轉過身，朝著無歡看的方向看去——

她的身後，走在最後面的烏鴉，整個人被濃霧之牆吞噬了一半，剩下半張臉和雙手還有胸膛露在外面，她一張臉扭曲著，已經完全沒有了人的形狀，她一邊被濃霧吞噬著，一邊伸出手在朝著傾城吶喊，掙扎，可是，她發不出任何聲音……

然後，像是被濃霧裡不知名的巨蟒咬住一般，突然被拖進了濃稠得如同泥漿般的黑色濃霧裡去了。

消失得無影無蹤。

在傾城他們恢復聽覺的瞬間，耳朵裡排山倒海的都是骨頭被吞噬的喀嚓喀嚓的聲響。

孔雀突然癱軟下去。雙目渙散著，像是被抽走了靈魂……

傾城蹲下去把孔雀的頭抱在自己的胸前。控制著自己的情緒，說，不要害怕不要害怕。有我在。

光明滿意地發出了微笑。

然後，他朝著腳下的巨大的黑霧之陣，變換了一下手勢。

「土門，坤位，兌二位，地裂蟲湧。」

濃霧中，「靈」的聲音像來自死神的召喚。

「確認。土門，坤位，兌二位，地裂蟲湧。」

無歡聽到身後的聲響，回過頭去，發現，剛剛還是一條看不見盡頭的甬道，突然被封上了。

前後都是黑色的濃霧之牆。

傾城的手微微的發抖。

而突然，她看到前面的那堵牆壁上出現了密密麻麻的黑色的亮點。她立刻興奮的站起來，說，看前面那堵牆，上面那些光點，可能是濃霧後面透出的光亮，出口可能就在那道牆後面，也許我們應該……

她話還沒有說完，就知道自己錯了。

那些密密麻麻的黑色光點，終於看清楚了，是無數的緩慢的從池水般的牆面裡擠出來的數以萬計的蟲。黑色的半尺來長的硬殼蟲，緩慢的蠕動著，像是沒有腳的肥碩的蜈蚣，朝著無歡他們蠕動而來。

緩慢的，一步一步地，帶著死亡的陰影朝他們逼近。

無歡和昆侖兩個人擋在傾城和孔雀前面，可是，他們的心臟也劇烈的跳動著。面對著緩慢朝他們爬過來的千萬隻巨大的黑色蜈蚣樣的無腳之蟲，他們也完全不知道該怎麼辦。

傾城站起來，擠過他們兩個，說，你們退到後面去。

她抬起手，放在唇邊，念道，「地裂蟲湧！破！」

她腳面前的大地突然裂開一個口子，無數的白色的金甲蟲吱吱的叫喚著從地裡鑽出來，朝著那些黑色的肉蟲一樣蠕動著的蜈蚣衝過去。

可是，這些白色的金甲蟲在接觸到那些黑色蟲子的瞬間，就突然啪的一聲，化成了一灘綠色的膿血。

黑壓壓一片的黑色蟲子朝著他們繼續蠕動過來。

傾城轉過身，對孔雀說，孔雀！黑洞吞噬！

孔雀站起來，衝到傾城身後，她說，好，主人，召喚吧！

傾城突然舉起手，「黑洞吞噬！破！」她的臉突然變成了一個巨大的黑洞，呼嘯的龍捲風將遠處的蟲子突然源源不絕地朝著黑洞裡吸過來，無數的巨大的黑色蜈蚣被傾城臉上唯一剩下的黑洞中吸進去，這樣一副詭異而令人嘔吐的景象，讓昆侖背後一陣發寒。

他永遠也無法理解這個複雜而恐怖的咒術世界。

所有的蟲子都消失了，傾城和孔雀倒在地上喘著氣。呼出的氣息在寒冷的空氣裡凝結成白色的霧。

無歡悄悄的鬆了口氣。他說，大家快點走吧。這裡不安全。

傾城和孔雀站起來，像是虛脫了一般。

周圍的濃霧依然翻滾著，變換著格局。

傾城突然聽到身後孔雀低低的喊了一聲自己，她在叫，「主人……」

傾城回過頭去，看到孔雀目光渙散，面無表情。她剛想走過去看她怎麼了，突然被無歡一把抓回來。

而面前的孔雀，突然開始七孔流血。黑色的血液汩汩地從她的眼睛，鼻子，耳朵，嘴巴裡流出來。之後，一條接一條的黑色的沒有腿的巨大蜈蚣，從她的眼睛嘴巴鼻孔中用力的擠著蠕動而出。從她的身體裡啪啪的摔在地上。

「不！」傾城眼淚奪眶而出。

可是，無歡不能讓她衝過去，無歡拉著她，迅速的離開這源源不斷地從孔雀身體裡鑽出來的黑色巨蟲。

光明似乎很滿意這樣的死亡速度。

月光從天空上照射下來，金頂一片明晃晃的金色。

可是，如此透徹的光芒，卻無法洞穿那些濃厚的黑霧。

光明換了換手的方向。

「水門，艮七位，巽五位，鬼影千軍陣。」

「靈」在遙遠的地方，像光明的影子般重複著。

「確認。水門，艮七位，巽五位，鬼影千軍陣。」

傾城跌坐在地上。

眼淚一滴一滴的打在地面上。

她低聲說著，不用逃了。出不去的。除非光明解除這個陣法，否則，沒有人可以出去的。

昆侖站在王妃身後，他看著她絕望的表情，心裡如同刀割般難過。他剛想走上去，就聽到無歡說，妳不能死。我不准妳死。有我在妳就不會死。

傾城的眼淚依然沒有停。

她從來沒有感覺過自己如此地渺小和無力。從來都覺得自己是控制天下的像神一樣的最偉大的咒術師。可是，現在，在神之死域裡，她第一次感覺到黑暗是如此龐大。

而這時，她隱約聽到不知名的地方傳來雷動像是萬馬奔騰般的聲響，她剛剛抬起頭，就被無歡突然拖住了胳膊，「快逃！是鬼影千軍陣！」

無歡和昆侖，兩個天下最好的動術師，帶著傾城飛快地像是疾光一樣朝前掠過。

可是，後面千軍萬馬的鬼影夾雜著無數刀光劍影，卻越來越近，昆侖和無歡的動術像是沒有作用。

無歡突然在昆侖耳邊說了句什麼，然後，傾城就感覺到他把自己的胳膊朝前一甩，然後，自己卻停了下來。

傾城還沒有看清楚，就已經被昆侖帶著飛掠了幾十丈。

她知道，無歡是準備自己去送死。

她突然掙脫開昆侖的手，朝著無歡剛剛的方向跑回去。

她自己也不知道，以前那麼希望置無歡於死地，爲什麼在無歡拋下自己的時候，會有如此心痛的情緒。她也來不及多想，她只是知道，無歡一定不要死。

她朝著濃霧遮蓋的來路飛跑過去，身後，昆侖飛速逼近的腳步聲緊追著她。

崑崙的聲音帶著絕望的哭喊，「傾城，不要過去！快點回來！快點回來！」

眼前的濃霧突然消散，無歡的背影突然出現在自己面前，他的前面，是他自己召喚出的鬼影千軍陣，正在和衝過來的陣法中召喚出來的鬼影彼此衝撞消耗。

轟隆的聲音巨大地震動著耳膜。

然後，突然一陣刺眼的白光閃過，傾城被震得朝後跌出去一丈之外。

當傾城爬起來，睜開眼睛，一切的鬼影都消失了。年輕而面容英俊的無歡朝著自己走過來。

不知道爲什麼，那一瞬間，傾城滾燙的熱淚流了下來。她甚至覺得，無歡沒有死，這幾乎是世界上最美好的事情。

她站起來，朝著無歡跑過去。

無歡的笑容依然像個頑皮的孩子，因爲自己的惡作劇成功而咧開嘴笑了。

他還是那個氣宇軒昂的他，還是那個俊美挺拔的他。還是那個最最驕傲的一塵不染的北公爵。

可是，他一路走著，身上的衣服一片一片掉下來，衣服像是被無數把刀絞成了碎片，紛紛掉落。

傾城走到他的面前，停住了。她不願相信眼前的事實。

無歡年輕而結實的軀體上，是一條又一條像是薄如蟬翼的細長刀口，一條又一條，佈滿了整個胸膛和四肢。

然後，突然噴湧而出的鮮血像是洶湧的岩漿一樣，朝著外面噴射。

傾城臉上是一層無歡的薄薄的熱血。有微熱的感覺，像是站在巨大的瀑布面前，臉上濺到的濕濕的水霧。

無歡突然跪了下去，他嘴角一股血吐了出來。

傾城慢慢跪下去，看著他，臉上已經沒有了表情，像是面對死亡已經麻木了。

無歡用力地笑了笑，他說，傾城，妳記得小時候……有一個男孩子，騙妳說只要答應作他的奴隸，就……給妳饅頭嗎？

傾城突然想起來，望著眼前的無歡，她哽咽著說，難道你……你是……

無歡又笑了，依然是一副少年般得意的樣子，他說，沒錯。那個討厭的小鬼，就是我。

無歡眼中的光芒慢慢地暗下去，他突然頭朝地面上倒去，傾城趕忙跑過去扶著他垂下來的頭。

無歡的聲音越來越小，他有點沮喪的說，我說過，一定要讓妳當我的奴隸，所以，我從小時候起，就對自己說，我一定要讓妳作我的女人……可是，後來……我知道妳成了王妃，我好難過……那一年我十九歲，我對父王發脾氣，說一輩子不娶女人……呵呵，還被父王關了十天的禁閉……

無歡口中的血像是泉水般不絕地往外湧，傾城的眼淚打在他的鮮血上，沖淡出一點點的粉紅色。

「傾城，其實，我也見過……無極……」，傾城睜大了眼，不敢相信她從無歡口中聽到的是無極兩個字，「那天妳從我手中搶走饅頭之後，我就遇見了妳說的那個……叫滿神的女人……她給我看了一個卷軸，說這是我的無極……可是，我說我不信，因爲無極裡說，我一輩子……得不到我的女人……所以，我想要證明，無極胡說八道……可惜，我……我……」

傾城閉上眼。

懷抱中的無歡的雙眼卻再也無法閉上了。他沒有安詳地死去，他甚至沒有說完他想要說的話。

傾城抱著無歡，心中卻像是被大水沖洗過一樣清澈。

她突然明白，原來，無極，眞的是不可改變的。

她輕輕的放下無歡，轉過身，望著昆侖說。

昆侖，謝謝你救我，我欠你很多，可是，卻把你拉進這地獄一樣的陣法裡。現在，我救你出去。

昆侖吃驚的望著她，說，妳怎麼救？

傾城突然舉起手，無數銀白色的絲線朝著昆侖噴射而去，一瞬間，像是一個蠶繭一樣將昆侖包裹得無法動彈。然後，她輕輕地勾了勾手指，昆侖就被一股巨大的力量朝著傾城扯了過去。

沒有看清楚，昆侖就和傾城背對背地綁在了一起。

昆侖突然明白了傾城想要做什麼，他大聲吼著，說，不行，妳放我下來！妳快點放我下來！

傾城的聲音沒有任何感情，聽不出悲痛，也聽不出絕望，像是死水一樣，沒有任何的波瀾，她說，你不要動了，我欠你很多，我要全部還給你，我不能讓你因爲我而死在這裡。

說完，她突然念動咒術，她和昆侖被一陣白光所籠罩，然後，她突然雙手像是翅膀般展開，千羽之衣突然綻放讓人無法睜眼的光芒，然後，她像是一團白色的颶風般朝著盡頭的黑色濃霧之牆衝過去！

「昆侖，你記住，當我撞進黑霧的時候，你趁著那些黑霧吞噬我的時候，趕快衝出去！」

耳邊的風怒吼著，翻捲著，將羽毛吹得四散飛揚。

「你不要停下來管我，你要一直朝外面，用力的出去！」

捆綁著自己的銀絲越來越緊，昆侖用力的掙扎，可是卻沒有任何的用處。

「這是唯一的機會！你不要浪費我用生命換來的生機！」

昆侖的熱淚流淌下來，胸口處一股巨大的悲痛湧向喉嚨，他怒吼著，哭喊著說，「我不要！我不要妳死啊！」

「我求求妳！妳停下來啊！」

「我不要活！要死一起死！」

「我不要啊！」

昆侖的聲音嘶啞的衝向夜空，震撼了整個王城。

然後，突然，黑暗在瞬間包圍了全身。

那些濃霧兀地朝著自己包裹過來，可是，眼角依然可以看到傾城用力的控制著光芒保護著自己。然後，下一個瞬間，突然覺得寒冷像是半凝固的液體，將自己像是壓扁了一般，擠得自己無法呼吸。

在腳上突然傳來被什麼東西咬噬的劇痛時，他突然看到了光，然後，他突然被巨大的力量拋了出去。

尾聲

他睜開眼睛。

眼前已經沒有了黑色的大霧。

周圍的巨大的宮殿重新在夜色中顯現出輪廓。無數的宮燈重新散發出溫暖的光芒。

昆侖躺在地上，當他慢慢地從地上爬起來的時候，他看到夜空中，像是下起雪一般的，緩緩飄落下無數的白色的羽毛。

漫天漫地的，白色的羽毛。

他伸出手接住了一根，然後看到了羽毛上凝固的鮮血。

他的淚無聲的流下來。

他回過頭去，看到了身後的大將軍，光明。

漫長的黑夜快要結束了。

可是，在黎明到來之前，月光和星光都全部消失，天地間只剩下濃重的黑暗。

偶爾有夜間的飛鳥疾疾的掠過黑暗的夜空。

將嘶啞的鳴叫留在天空上，被寒風凍僵般貼緊黑暗的天壁。

光明到死的那一刻，都無法相信昆侖能夠殺了他。

他無法相信，昆侖竟然可以使出「沙漏之封印」。

這是和「神之死域」一樣，幾乎像是神話般的咒術。

可以封印住時間。一切都停留在那一刻。而惟獨施咒者，可以自由移動。

因為他沒有想到，無歡死前，會把自己全身的動術，都轉移到了昆侖身上。

飛鳥。霧氣。光線。目光。

一瞬間全部懸停在那一刻。

天地似乎被凝固進一個巨大的琥珀。一切都消失了動靜。

連聲音都被凝固了。

光明看著在日光中，像是神一樣朝自己走來的昆侖，一瞬間消失了所有的思想。

目光中，只是他伸向自己的手。

緩慢的，輕柔的，插進了自己的胸膛。

然後，像是探尋寶物般的，握住了心臟。

光明可以感覺到自己的心臟在昆侖的手中跳動著，像是一個初生的嬰兒般，充滿了生命力。

而在下一個瞬間，突然一陣用力的握緊，光明只覺得一片黑暗突然向自己籠罩而來。

而那一瞬間，時間也重新流動了。

光明緩慢地張開口，他說，原來，無極眞的無法改變……我錯了……

他哽咽著，念動那首他一直喜歡著的詩。

天下風雲入崑崙

幾世人生幾世塵

紅日銀月流星動

日晝……

可是，他念不完最後的五個字，這五個字，成爲他永遠沒有完成的願望，「光明滿乾坤」。

一整個王宮的前庭，到處都是屍體的碎片。

那是被黑霧吞噬撕碎了的一千個咒術師，還有無歡，還有……傾城。

昆侖望著眼前一片地獄般的景象，哽咽了喉嚨。

昆侖望著遼闊的天地，竟然不知道該走向什麼地方。

他抬起頭，突然看到半空中，一個懸空飄浮著一般的，像是浮雲一般的女人。

他揉了揉眼，然後，這個女人就突然站到了他的面前。

她說，我叫滿神。

——昆侖。你想知道，為什麼這些人都會死麼？

——我想，告訴我。

——因為他們都看了自己的無極，都不相信無極，想要去改變它。

——無極是什麼？

——無極……無極可以說是一個容器，裝載命運的容器，或者說是書寫命運的載體，傳說中，你可以通過無極去窺探容器內命運的變化，也可以通過無極去閱讀命運的無常，可是，無極只能被閱讀，不能被改寫。千萬年來，無數的人都在做著這樣的事情，那就是，去改寫自己的命運。

——命運眞的可以改寫麼？

——我也不知道。這只有你自己去探尋。只是……很難很難。你看他們，全部都死在無極巨大的能量之下。你想改變這一切麼？

——這一切……可以改變麼？

——能不能改變要靠你自己，我只能用無極送你回到一切都沒有發生的時候。你願意麼？願意去重新走一遍這個路程麼？去試試看，無極到底可不可以……改變。

——好。帶我回去！

無極手卷突然攤開，光芒萬丈，幻化成一條遙遠的看不到盡頭的道路。

滿神望著朝著路的來處倒行而去的昆侖，眼中說不出的悲涼。

「爲什麼，千萬年來，人類明知道很多事情是無能爲力的，可是，都願意去嘗試呢？」

道路突然消失不見了。昆侖的身影也消失在路的盡頭。

滿神轉過身，看到了天上突然大放的絢麗光芒。

她恭敬的跪在地上，對著天上出現的那個挺拔的男子，說，天神之帝，剛剛離開的那個凡人，叫昆侖，是第九百九十九個閱讀無極的人，我已經讓九百九十九個人閱讀過了他們自己的無極，他們也試圖去改變它，可是，所有的人都沒有成功。

天空上傳來縹緲而低沉的男聲，空曠地迴盪在整個天地間，他說，很好。你再完成一個，積滿一千個，就可以重新返回神界了。因爲看來無極，的確是凡人無法衝破的枷鎖。

滿神低下頭去，說，是。

遼闊的土地被燒成黑色。

到處都是樹木被烈火焚燒成的焦枝。

烏鴉啄食著的成千上萬的屍體，屍體一堆一堆的，發出濃烈的臭味。

風將血腥的味道捲上白雲浮動的暗黑色的蒼穹。

光線被天地間的死亡和黑暗吞噬乾淨。所有的事物都只剩下黑暗中模糊的輪廓。

樹木像是死者伸出的乾癟的手，朝著天空伸上去。

翻倒的戰旗，蒙著厚厚灰塵的盾牌。

風在天地間呼嘯著，在耳邊吹出幻覺。

一個小男孩蜷縮在一棵巨大的樹木之下。

戰爭摧毀了他的整個家。

他的三歲的妹妹，死在他的腳邊上，手中拿著一直捨不得吃的饅頭。饅頭上的血，是他們的母親的血。

男孩麻木的眼神，空洞地凝望著天空上的某一處，像是聽著雲朵上的亡靈行走的聲音。

他突然揉揉眼，然後再揉了揉眼，就看到面前站立著的，長袍像蓮花般翻動的女人。

她彎下腰，在他耳邊說，你想要改變這一切麼？你想要看你自己的無極麼？

像是突然有了光。

一瞬間像是歸於黑暗的世界被光線硬生生拉出一條口子。然後豁口逐漸擴大，光線洶湧而進，吞沒天地間所有的黑暗。

一隻烏鴉從一棵死亡的樹的枝椏上騰空而起。

附著在樹幹上的灰塵像被鞭子抽打了一下，騰地擴散在空氣裡。

國家圖書館出版品預行編目資料

無極：電影異結局小說全見版／郭敬明 著；
-- 初版. -- 臺北市：　圓神，2006〔民95〕
面；　公分. --（圓神文叢；36）
ISBN 986-133-133-6（平裝）

857.83　　　　94025346

The Eurasian Publishing Group
圓神出版事業機構
用心與你對話・視野無限寬廣
圓神出版社
Eurasian Press

http://www.booklife.com.tw　　inquiries@mail.eurasian.com.tw

圓神文叢 036

無極——電影異結局小說全見版

作　者／郭敬明
發 行 人／簡志忠
出 版 者／圓神出版社有限公司
地　址／台北市南京東路四段50號6樓之1
電　話／（02）2579-6600・2579-8800・2570-3939
傳　真／（02）2579-0338・2577-3220・2570-3636
郵撥帳號／18598712　圓神出版社有限公司
副總編輯／陳秋月
副 主 編／沈蕙婷・姚明珮
責任編輯／沈蕙婷・周婉菁
美術編輯／金益健
行銷企畫／吳幸芳・陳羽珊
印務統籌／林永潔
監　印／高榮祥
校　對／楊嘉瑤・周婉菁・沈蕙婷
排　版／陳采淇
經 銷 商／叩應有限公司
法律顧問／圓神出版事業機構法律顧問　蕭雄淋律師
印　刷／祥峰印刷廠
2006年 2月　初版

定價 260 元　　ISBN 986-133-133-6